# A CASA

# MICHAEL MCDOWELL

# A CASA

## BLACKWATER·III

**TRADUZIDO POR FABIANO MORAIS**

Título original: *The House*

Copyright © 1983 por Michael McDowell
Copyright da tradução © 2025 por Editora Arqueiro Ltda.

Edição publicada mediante acordo com The Otte Company
por meio da Piergiorgio Nicolazzini Literary Agency (PNLA)
junto com a LVB & Co. Agência e Consultoria Literária.
Todos os direitos reservados. Nenhuma parte deste livro
pode ser utilizada ou reproduzida sob quaisquer meios
existentes sem autorização por escrito dos editores.

*coordenação editorial:* Gabriel Machado
*produção editorial:* Guilherme Bernardo
*preparo de originais:* Victor Almeida
*revisão:* Elisa Rosa e Suelen Lopes
*diagramação:* Abreu's System
*capa:* Monsieur Toussaint Louverture e Pedro Oyarbide
*adaptação de capa:* Ana Paula Daudt Brandão e Pedro Oyarbide
*impressão e acabamento:* Lis Gráfica e Editora Ltda.

CIP-BRASIL. CATALOGAÇÃO NA PUBLICAÇÃO
SINDICATO NACIONAL DOS EDITORES DE LIVROS, RJ

M144c

McDowell, Michael, 1950-1999
 A casa / Michael McDowell ; tradução Fabiano Morais.
– 1. ed. - São Paulo : Arqueiro, 2025.
 256 p. ; 16 cm.    (Blackwater ; 3)

 Tradução de: The house
 Sequência de: O dique
 Continua com: A guerra
 ISBN 978-65-5565-785-2

 1. Ficção americana. I. Morais, Fabiano.
II. Título. III. Série.

|  | CDD: 813 |
| 25-96255 | CDU: 82-3(73) |

Meri Gleice Rodrigues de Souza – Bibliotecária – CRB-7/6439

Todos os direitos reservados, no Brasil, por
Editora Arqueiro Ltda.
Rua Artur de Azevedo, 1.767 – Conj. 177 – Pinheiros
05404-014 – São Paulo – SP
Tel.: (11) 2894-4987
E-mail: atendimento@editoraarqueiro.com.br
www.editoraarqueiro.com.br

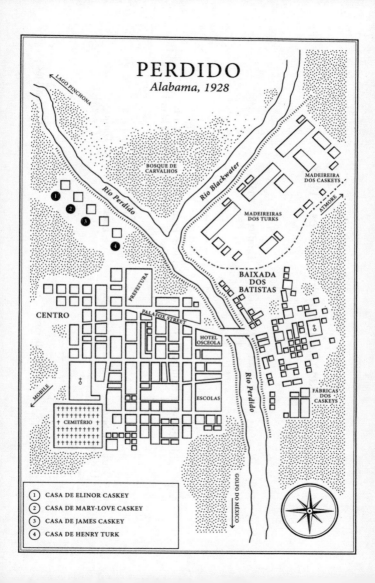

# As famílias
## Caskey, Sapp, Snyder e Welles – 1928

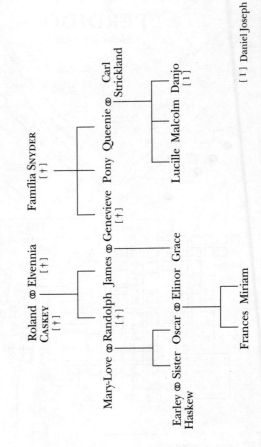

## CAPÍTULO 1

### *Miriam e Frances*

Frances e Miriam Caskey eram irmãs nascidas com pouco mais de um ano de diferença. Eram vizinhas, as casas separadas por poucas dezenas de metros. Porém os moradores não se deslocavam muito entre as residências, então, quando as irmãs se encontravam, nas raras ocasiões em que os Caskeys se reuniam, ficavam tímidas e desconfiadas.

Miriam era só um ano mais velha, mas, em termos de maturidade, a diferença de idade parecia muito maior. Criada na casa da avó Mary-Love, passara cada momento de seus 7 anos de vida sendo acarinhada, paparicada e mimada. Essa indulgência se tornou ainda mais forte de 1926 em diante, quando Sister, indignada com as interferências e intromissões da mãe, convenceu o marido a se mudarem para o Mississippi, deixando Mary-Love e Miriam sozinhas naquela casa enorme, uma fazendo companhia para a outra. Era comum se ouvir em Perdido que Miriam era igualzinha à avó e nem um pouco parecida com a mãe – que morava na casa ao lado e raramente via a filha.

Como todos os Caskeys, Miriam era magra e alta, e Mary-Love fazia questão de que a menina estivesse sempre vestida com o melhor da moda infantil. Era uma criança cuidadosa e exigente e falava quase o tempo todo, mas nunca aos berros. Na maior parte das vezes, a conversa girava em torno de objetos – os que estavam na posse de outras pessoas, os que ela havia acabado de adquirir ou os que ela ainda cobiçava.

Ela mesma tinha escolhido a escrivaninha com tampo retrátil em miniatura, em uma loja de móveis em Mobile. A menina adorava as várias gavetas minúsculas. Agora, cada uma dessas gavetas estava repleta de objetos: botões, fitas, bijuterias, lápis, cãezinhos de porcelana, lantejoulas, laços, tiras de papel colorido e outras miudezas bonitas que pudessem ser recolhidas em uma casa onde não faltavam bens materiais. Miriam passava horas a fio analisando em silêncio essas coisas, reorganizando-as, empilhando-as, contando-as e registrando-as em um livro-razão organizado, enquanto planejava obter mais delas.

No entanto, as posses que mais davam prazer a Miriam Caskey eram justamente as que não podia deixar em seu quarto: diamantes, esmeraldas e pérolas que sua avó lhe dava de presente no Natal, em seu aniversário e em alguns poucos dias comuns entre essas datas, para então escondê-los em um cofre em Mobile.

– Você é jovem demais para ter essas joias nas mãos – falou Mary-Love para sua neta amada –, mas lembre-se sempre de que são suas.

A ideia que Miriam fazia da vida adulta era um tanto confusa, e a menina não tinha certeza se algum dia alcançaria esse status tão elevado. Embora não tivesse garantias de que fosse ter as joias, isso não lhe importava nem um pouco. Todas as noites, antes de dormir, pensava nelas, trancadas em um cofre distante. Isso quase compensava as canções de ninar que a mãe biológica nunca cantaria para ela.

Frances Caskey era diferente. Enquanto Miriam era cheia de energia, robusta e animada por uma tensão irrequieta, Frances parecia ter um domínio tênue sobre seu corpo e sua saúde. Ficava gripada e tinha febre com uma facilidade desanimadora. Desenvolvia alergias e breves doenças não diagnosticadas com a mesma frequência com que outras crianças ralavam o joelho. Era tímida e totalmente incapaz de sentir ciúmes da irmã e dos objetos que ela possuía.

Frances passava o dia inteiro com Zaddie Sapp, ajudando-a a carregar e buscar coisas na cozinha ou a seguindo. Às vezes, sentava-se em silêncio em um canto com os pés erguidos enquanto Zaddie varria, espanava e lustrava. Frances era bem-comportada, nunca irritadiça, paciente na doença, disposta a realizar qualquer atividade ou tarefa que lhe fosse atribuída, até com entusiasmo. Apagava a si mesma de tal forma que, nas raras ocasiões em que Mary-Love a via, chegava a sacudi-la pelos ombros e exclamar: "Ânimo, menina! Cadê sua energia? Parece que acha que alguém vai saltar de trás da porta para te agarrar!"

Todos os dias de manhã, Frances ia às escondidas até a varanda no segundo andar da casa e observava secretamente a irmã ir para a escola. Sempre com um vestido recém-engomado e sapatos lustrosos, Miriam saía com seus livros e se sentava com aprumo no banco traseiro do Packard. A Sra. Mary-Love então ia até a varanda e chamava: "Bray, venha levar Miriam à escola!"

Bray largava seu trabalho de jardinagem, esfregava as mãos e saía de carro com Miriam, que estava sempre sentada quieta e composta, tão altiva quanto se estivesse a caminho de ser apresentada à rainha da Inglaterra. À tarde, quando via Bray indo embora de carro novamente, Frances se posicionava para testemunhar a volta da irmã – tão engomada, lustrosa e impecável quanto no momento em que havia partido pela manhã.

Frances não tinha ciúmes da irmã, mas era fascinada por ela, guardando com carinho a memória das poucas ocasiões em que Miriam lhe dirigira uma palavra gentil. No pescoço, usava um cordão de ouro fino com um medalhão que a irmã lhe dera no Natal anterior. Não importava nem um pouco que, mais tarde, Miriam tivesse sussurrado no ouvido dela: "Foi a vovó quem escolheu. Ivey arranjou uma caixa. Puseram meu nome, mas eu nem cheguei a ver o que era. Não teria gastado tanto dinheiro assim com você."

～

No outono de 1928, Frances estava ansiosa para entrar no primeiro ano. A dúvida ocupava sua mente de forma implacável: ela teria permissão para ir à escola de carro com Miriam todas as manhãs? Não tinha coragem de fazer a pergunta aos pais, por medo de que a resposta fosse não. A ideia de que lhe permitissem se sentar ao lado de Miriam no banco traseiro do Packard fazia Frances tremer de expectativa. Ela sonhava acordada com aquele tipo de intimidade com a irmã.

Quando o primeiro dia de escola por fim chegou, Zaddie pôs o melhor vestido em Frances. Oscar beijou a filha e Elinor pediu para ela ser muito esperta e se comportar. Cheia de expectativa, Frances saiu pela porta da frente, como se fosse a primeira vez em toda a sua vida, apenas para ver o Packard da avó seguir rua afora com Bray ao volante.

Miriam estava sentada sozinha, engomada e polida, no banco de trás.

Frances se sentou nos degraus e chorou.

Oscar atravessou o quintal a passos firmes até a casa da mãe, entrou sem bater e falou com raiva para Mary-Love:

— Mamãe, como pôde permitir que Bray saísse de carro sem a pobre da Frances?

— Hã? – fez Mary-Love, aparentando surpresa. – Frances queria ir com a Miriam?

— A senhora sabe que sim, mamãe. É o primeiro dia de escola dela. Miriam poderia ter mostrado a ela onde ficam as coisas.

— Miriam não poderia ter feito isso! – Mary-Love

se apressou a dizer. – Ela iria se atrasar. Não posso deixar Miriam se atrasar no primeiro dia de aula!

Oscar bufou.

– Miriam não teria se atrasado, mamãe. A pobre da Frances está sentada nos degraus de casa, chorando.

– Quanto a isso, não posso fazer nada – respondeu Mary-Love, impassível.

– Bem, então me diga o seguinte, mamãe – prosseguiu Oscar. – A senhora vai deixar minha garotinha ir para a escola de carro com Bray e Miriam daqui para a frente?

Mary-Love ponderou a questão por alguns instantes. Por fim, respondeu a contragosto:

– Se ela insiste, Oscar... Mas só se estiver lá fora esperando no carro quando Miriam sair. Não quero que Miriam receba advertências porque Frances não consegue se vestir a tempo.

– Mamãe, você esqueceu que eu pago metade do salário de Bray? – perguntou Oscar.

– E você por acaso esqueceu que o automóvel é *meu*?

Oscar ficou furioso. Naquele primeiro dia da vida escolar da filha, ele levou Frances à escola de carro por conta própria, mostrou-lhe a sala aonde devia ir e a apresentou à professora. Durante o jantar, contou à esposa o que Mary-Love tinha dito.

– Oscar, sua mãe trata Frances como se ela fosse lixo – falou Elinor. – Fico com raiva só de pensar em quantos diamantes ela comprou para Miriam. Sabe quanto dinheiro aquela criança tem em rubis e pérolas? O medalhão que eles deram para Frances no Natal deve ter custado 75 centavos. Não vou permitir que a Sra. Mary-Love nos faça favores. Não vamos permitir que Frances ande naquele carro, nem uma só vez! As pessoas na cidade vão *ver* como a Sra. Mary-Love trata a própria neta!

Frances, que sempre tivera grandes esperanças de se aproximar da irmã, continuou sem seu carinho. Todas as manhãs, Zaddie pegava a mão de Frances e a levava a pé até a escola. Na verdade, até a porta da sala de aula. Às vezes, Bray e Miriam passavam por ela na estrada, mas a mais velha sequer acenava ou meneava a cabeça para a irmã. No pátio do recreio, Miriam não participava de nenhuma brincadeira que envolvesse Frances.

– Estou no segundo ano – disse Miriam à irmã em uma rara ocasião em que se dignou a falar com ela. – Sei *este* tanto a mais que você!

Enquanto Miriam separava os braços o máximo

que podia, Frances se sentia esmagada pela noção da própria inferioridade.

Estava muito claro para Miriam que Mary-Love negligenciava a segunda neta. Assim, ela passou a desprezar abertamente a irmã. Sentia-se envergonhada pela timidez de Frances, pelas roupas inferiores dela, por sua dependência afetiva de Zaddie Sapp, pela falta de conhecimento sobre joias de verdade, cristal legítimo e porcelana de boa qualidade.

Os sentimentos de Miriam em relação a Frances ficaram mais intensos durante as primeiras semanas de dezembro, quando o primeiro e o segundo anos começaram sua campanha de selos de Natal. Miriam achava que bater de porta em porta, como um vendedor de aspiradores de pó, era algo indigno. Por isso, resolveu repetir o que fizera no ano anterior, vendendo alguns dólares em selos para Mary-Love e Queenie, só para não ter um zero do lado do nome nas lousas especiais montadas no corredor da escola.

Já Frances levou o assunto muito a sério, até onde permitia sua tenra idade, e estava decidida a vender o máximo de selos possível; afinal, a professora dissera que era uma causa nobre. Com a permissão de Oscar, visitou a madeireira e falou com todos os trabalhadores. Frances era tão tímida, frágil e charmosa que todos compraram grandes quantidades. Seu tio-avô James Caskey e a filha dele, Grace, compraram mais selos do que todos os trabalhadores da fábrica juntos. Quando se deu conta, Frances já havia vendido mais do que qualquer outro estudante do primeiro ano na lousa.

Miriam ficou estupefata e se sentiu humilhada pelo sucesso de Frances. De repente, nada no mundo era tão importante quando derrotar a irmã na venda de selos de Natal. Sem entender a importância da questão para a neta, Mary-Love se recusou a comprar mais do que pudesse usar. Então Miriam foi à casa de James e Grace, que disseram que adorariam ajudá-la, mas já haviam comprado o suficiente.

Com a bênção de James, ela foi à fábrica, mas todos ali tinham esvaziado suas carteiras com Frances. Miriam até engoliu o próprio orgulho e bateu em algumas portas, mas, como a campanha estava no fim, todos os que podiam ser convencidos a comprar já o haviam feito àquela altura.

Desesperada, foi à avó e explicou seu dilema. Ao contrário do que Miriam esperava, Mary-Love não ficou nem um pouco zangada com ela.

– Está me dizendo, Miriam querida, que aquela

menininha da casa ao lado vai derrotar você, que está no segundo ano, enquanto ela está no primeiro?

– James e Grace compraram muitos selos, vovó! E não querem comprar unzinho que seja dos meus!

– Não querem? E compraram de Frances?

Miriam assentiu, amuada.

– Eu odeio a Frances!

– Eu *não vou* permitir que você seja derrotada pela filha de Elinor Caskey. Quanto ela vendeu até agora? Você sabe?

– Trinta e cinco dólares e 35 centavos.

– E quanto *você* vendeu?

– Três dólares e dez centavos.

– Quando termina a competição?

– Depois de amanhã.

– Muito bem – falou Mary-Love, baixando a voz. – Amanhã, depois da escola, descubra se Frances vendeu mais algum selo. Depois venha me dizer o total dela, entendido?

Assim, no último dia da venda dos selos de Natal, Miriam apresentou 42 dólares, uma quantia impressionante, considerando que todos em Perdido tinham gavetas cheias daqueles selos àquela altura e que até ali Miriam havia obtido meros 3 dólares. Quando a professora perguntou quem tinha comprado tantos selos assim, Miriam respondeu:

– Eu bati em todas as portas da cidade. Achei que ia ficar sem pernas de tanto andar!

As irmãs Caskey ficaram em primeiro e segundo lugar na competição, mas Miriam venceu a irmã por quase 7 dólares. Miriam ganhou uma Bíblia com seis ilustrações a cores e todas as palavras de Jesus impressas em vermelho. Frances ganhou uma caixa de doces.

Depois que os prêmios foram entregues, Frances abriu a caixa de doces e os ofereceu à irmã, dizendo que ela podia pegar quantos quisesse. Mas, quando Miriam mordeu o maior doce que conseguiu encontrar, o recheio de calda de cereja espirrou para fora, sujando a frente de seu vestido engomado.

– Eca! – exclamou ela. – A culpa é sua, Frances! Olhe só para mim!

Então, com um tapa, ela derrubou a caixa das mãos de Frances, espalhando todos os chocolates no chão de terra do pátio da escola.

～

A rivalidade que parecia existir entre as irmãs era uma reprodução distorcida de uma rivalidade muito maior que havia crescido entre Elinor e sua sogra. Mary-Love era a chefe incontestável da família

Caskey, tendo assumido essa posição após a morte do marido, muitos anos antes. Ninguém jamais desafiara sua autoridade até a chegada de Elinor Dammert em Perdido. Com uma obstinação ferrenha, capaz de se equiparar aos melhores artifícios da matriarca, Elinor conseguiu ser cortejada por Oscar, o filho único de Mary-Love, e se casar com ele.

Os estilos das duas mulheres eram muito diferentes. Elinor não tinha a petulância de Mary-Love; a abordagem dela era mais insidiosa e calculista. Seus golpes eram rápidos, precisos e inesperados. Mary-Love sabia disso e, nos últimos anos, se tornara irrequieta, como se esperasse pelo golpe que a derrubaria.

A antipatia de Mary-Love pela nora havia se tornado ostensiva e indelicada, e todos na cidade estavam sempre contra ela. Uma coisa era desaprovar a esposa de um filho; outra era explanar esse repúdio aos quatro ventos. Com o tempo, Mary-Love percebeu que não adiantava confrontar Elinor diretamente. A nora permanecia calma, como se estivesse sempre pensando além, e não só na batalha que inflamava a sogra no momento. Elinor abria a guarda estrategicamente, para então brandir sua espada no instante em que Mary-

-Love erguia o braço para comemorar a vitória. Como um general paralisado, a matriarca decidiu se retirar do campo de batalha, mas não desistiu da guerra.

Em Miriam, Mary-Love tinha um soldado ávido, inescrupuloso e sedento de sangue. Já Frances, a representante de Elinor, era um inimigo debilitado, tímido e desarmado. Uma luta entre as irmãs sem dúvida entregaria a vitória a Mary-Love. Todos os dias, ela colocava na neta os vestidos mais bonitos e os sapatos mais lustrosos, beijava-lhe a face e sussurrava:

– Não tenha misericórdia...

Aquelas vitórias fáceis, no entanto, não traziam satisfação para Miriam ou a avó, pois Frances jamais revidava. Apenas olhava à sua volta, confusa, sem ao menos perceber que tinha entrado em um campo de batalha. Se quisesse, Elinor poderia ter ensinado à filha questões sobre combate e estratégia, mas não fez nada disso. Perdido falava sobre as duas meninas, da mesma maneira como havia falado sobre Elinor e Mary-Love. A conclusão da cidade era que Miriam era desagradável e arrogante, enquanto Frances era doce como um favo de mel. E *isso* dizia muito sobre como as duas meninas foram criadas.

Assim, ao mandar sua emissária desarmada, despreparada e inclusive sem saber que uma guerra tinha sido declarada, Elinor foi a vencedora do dia. Quanto tempo levaria, pensou Mary-Love com inquietação, até que Elinor invadisse a cidadela em si e proclamasse sua soberania sobre o clã dos Caskeys? Por que ainda não tinha feito isso? Se esperava por um sinal ou presságio, qual seria? Como Mary-Love poderia se preparar para esse dia inevitável? E, quando as duas mulheres se enfrentassem, quem pagaria o preço em sangue e ossos partidos no campo de batalha?

## CAPÍTULO 2

# *As moedas no bolso de Queenie*

Depois da sua aparição turbulenta em Perdido, seis anos antes, Queenie Strickland tinha se estabelecido. Ela e os filhos haviam conquistado uma identidade mais substancial do que meros agregados empobrecidos dos Caskeys.

Era de conhecimento geral em Perdido que o terceiro filho de Queenie, Daniel Joseph – chamado de Danjo por todos desde que nascera –, era fruto de um estupro cometido pelo marido, de quem estava separada. Todos sabiam também que o pai de Danjo não prestava, que Queenie não queria se reconciliar com ele e que seria muito melhor para o menino crescer sem ter visto sequer uma fotografia do pai.

Queenie ganhara a reputação de viver à custa dos outros. Isso era verdade, mas ela não queria ser vista dessa forma, então, logo depois de dar à luz seu terceiro filho, Queenie anunciou a James que pretendia procurar emprego. Sem querer que ninguém na cidade carregasse um fardo que considerava seu, James a nomeou sua secretária pessoal. O sentimento de responsabilidade dele em relação à cunhada desventurada e indigente era maior do que as dúvidas que tinha quanto às capacidades dela como funcionária e quanto a como lidar com ela diariamente na fábrica.

No verão de 1925, James enviou Queenie para Pensacola para fazer um curso de datilografia na faculdade de mecânica da cidade, dando-lhe um descanso merecido das exigências de Malcolm e Lucille e do pequeno Danjo. James se recusou a hospedar aquelas crianças arruaceiras em sua casa, que era cheia de objetos frágeis e valiosos. Em vez disso, mandou que Grace fosse cuidar delas na casa de Queenie.

Quando voltou, Queenie dominava a máquina de escrever e em pouco tempo se tornou indispensável ao cunhado, providenciando lápis, conselhos, café e um ouvido compreensivo e o libertando de telefonemas inconvenientes. Ela provou seu valor, tanto no âmbito profissional quanto no pessoal, indo muito além do que James poderia ter imaginado. Logo sabia tudo o que havia para saber sobre a administração da madeireira dos Caskeys. Como Elinor era próxima dela, passou a saber o pouco que seu marido ainda não lhe contara. Havia tempos que Queenie tinha sido treinada como espiã de Elinor, e ainda mantinha essa função.

A intimidade com Elinor e James ajudou Queenie a se sentir mais segura. Durante seu primeiro ano em Perdido, ela não hesitara em se valer de uma hipocrisia gritante para conseguir o que queria: fingira estar apaixonada pelos cristais de James, repetira as condenações de Elinor quanto à construção do dique, concordara com a lista de injustiças que Mary-Love considerava terem sido cometidas contra ela.

Mas logo descobriu que os Caskeys percebiam o que ela estava fazendo, e agora examinava com atenção como se sentia sobre qualquer assunto e sempre expressava esses sentimentos com cautela. A sinceridade, nesse caso, se mostrou a melhor tática, embora Queenie aplicasse essa franqueza da mesma forma que aplicava a hipocrisia: como um meio para alcançar um fim, não como algo que tivesse valor em si.

Embora sua luta principal parecesse ter sido vencida (Carl Strickland continuava fora de cena), Queenie tinha suas atribulações. Geralmente envolviam os filhos – quase sempre Malcolm, o mais velho. Aos 10 anos, ele estava no quarto ano e cometia várias pequenas transgressões. Quebrava janelas de casas abandonadas, roubava artigos miúdos em lojas e nadava no alto Perdido, onde corria o risco de ser sugado até a confluência e se afogar. Jogava areia pelas telas da cozinha da Sra. Elinor apenas para chatear Zaddie Sapp. Derrubava as plantas da professora do parapeito da janela pelo prazer de ouvir os vasos se quebrarem no chão. Atirava batatas nas meninas. Roubava as bolas de gude dos amigos. Era agitado e arruaceiro. Insultava qualquer criança negra que cruzasse seu caminho e aproveitava toda oportunidade de socar os irmãos na barriga. Sempre que o telefone tocava no escritório de James, Queenie temia que fosse outra ligação para reclamar do comportamento de Malcolm.

Lucille, então com 8 anos, não abusava tanto dos nervos da mãe, mas ainda causava preocupações suficientes. Era dissimulada, embora Queenie jamais fosse verbalizar essa avaliação da própria filha, nem mesmo para Elinor. Lucille mentia sempre que era conveniente. A menina não ia para a cama sem antes sussurrar ao ouvido da mãe alguma injustiça que tivesse sofrido nas mãos do irmão.

Se decidisse que precisava de sapatos novos, não se furtava a subir ao topo do dique, desobedecendo a todas as regras, para atirar um de seus melhores calçados de couro legítimo nas águas lamacentas do Perdido, validando assim seu desejo.

No entanto, Queenie tinha grandes esperanças em relação ao terceiro filho, Danjo, então com 4 anos. Estava claro o quanto era diferente dos irmãos: tranquilo, sincero, afável e bem-comportado. Era como se todo o seu ser tivesse sido ajuizado pela noção instintiva das circunstâncias lamentáveis de sua concepção.

Era o único dos filhos de Queenie que James permitia entrar na casa dele, o único pelo qual Mary-Love se abaixava para beijar a testa e o único que Elinor convidava a se sentar com ela no banco suspenso. Danjo agia como se vivesse apenas graças à permissão benevolente de todos; como se, caso agisse com a menor rebeldia que fosse ou falasse qualquer palavra inadequada, cem mãos o pegariam para atirá-lo sem dó nem piedade no rio.

Os irmãos não gostavam dele, e isso era considerado um ponto a favor. Quando lhe dava banho à noite, Queenie costumava encontrar algum machucado ou marca de beliscão causado às escondidas por Malcolm ou Lucille. As professoras respiravam aliviadas quando Malcolm passava de ano e toleravam com resignação a presença de Lucille, em quem não podiam confiar.

*Meu Deus, mal posso esperar para que Danjo Strickland venha para mim! Depois de Malcolm e Lucille, aquele amor de criança é o mínimo que eu mereço!*, pensavam todas, suspirando.

Queenie não tinha nenhuma informação sobre o paradeiro do marido, o que ele fazia e como estava. Se o homem não havia reaparecido até agora, ela imaginava que estivesse preso. Fosse como fosse, Queenie sabia que estaria protegida por James e Oscar, que a haviam auxiliado no passado.

Mas ainda temia ser pega de surpresa. À noite, trancava a casa a sete chaves, deixando-a mais segura do que qualquer outra em Perdido; depois que o sol se punha, seria mais fácil invadir o banco da cidade. Quando se sentava à varanda da frente, ela sempre tinha uma rota de fuga, para o caso de ver Carl se aproximar pela rua. Sempre que um automóvel estranho parava em frente à casa dela, seu coração palpitava. Temia o carteiro, pois ele poderia trazer uma mensagem do marido. Detestava atender o telefone, por medo de ouvir a voz de Carl do outro lado da linha.

Mas todas as suas precauções foram em vão. Quando Carl voltou, Queenie não estava preparada.

~

Um dia, quando Queenie chegou do trabalho, Carl estava simplesmente sentado à varanda dela. Preso ao colo do pai, Danjo parecia infeliz. Lucille e Malcolm se encontravam dentro de casa, em segurança, gesticulando para a mãe do outro lado da porta de tela.

– Mãe! – exclamou Malcolm, sussurrando audivelmente quando ela subiu as escadas. – A gente trancou a porta. Não quisemos deixar ele entrar.

– Olá, Queenie – falou Carl, em um tom suave. – Como vai?

Ele usava um terno e parecia desconfortável nele.

De repente, Queenie se sentiu esmagada pelo peso do mundo. Percebeu o quanto tinha sido feliz nos últimos cinco anos, como não havia tido um só momento de verdadeira inquietude, como nunca tinha ficado sem dinheiro, companhia ou respeito. Com o ressurgimento do marido em Perdido, tudo aquilo desapareceu no mesmo instante.

– O que está fazendo aqui, Carl?

– Vim ver você. De onde saiu este menino?

Ela não respondeu.

– Tem se sentido sozinha, Queenie? – perguntou ele com malícia.

– Não. Nem um pouco.

Queenie gesticulou para que Malcolm e Lucille se afastassem da porta. Eles recuaram alguns passos, mas voltaram quase imediatamente depois que a mãe lhes deu as costas. Queenie se sentou na cadeira de balanço de frente para Carl.

– Devolva meu filho – falou ela.

– De quem ele é? – indagou Carl, sem soltar Danjo.

– É seu.

– Tem certeza, Queenie? Você pode estar enganada.

– Não estou nem um pouco enganada. Danjo, venha cá.

– Dê um beijo no seu pai – disse Carl.

Danjo se desvencilhou dos braços dele e fugiu para o colo da mãe.

– Por onde andou? – perguntou Queenie. Ela não olhava para o marido, mas para o outro lado da rua.

– Aqui e ali.

– Em que cadeia esteve preso?

– Tallahassee. – Ele sorriu.

– Pelo quê?

– Não tem importância.

Queenie ficou calada por alguns instantes até dizer:

– Carl, eu quero que vá embora. Malcolm, Lucille, Danjo e eu não precisamos de você. Não o queremos aqui.

– Não posso abandonar minha família, Queenie. Que tipo de homem acha que sou?

– Não quero discutir – falou Queenie, o cansaço e o desespero impregnando a voz dela. – Só quero que vá embora desta cidade e nunca mais volte.

– Ah, Queenie... Você não pode se livrar de mim. Sou seu marido. Tenho direitos. Tenho filhos aqui que precisam de mim. Já vi que aquele Malcolm é dos bons. A Lucille é uma belezura. E esse menino, Danjo, com a minha ajuda vai ser criado do jeito certo.

Queenie se levantou e andou em direção à porta. Carl se levantou depressa e a seguiu.

– Abra o trinco da tela – falou Queenie para Malcolm. Ela carregava Danjo e o mudou de posição nos braços.

– Não quero ele aqui dentro! – gritou Lucille.

– Minha princesa! – exclamou Carl.

– Abra o trinco da tela – repetiu Queenie.

Contrariado, Malcolm obedeceu. Queenie entrou e Carl veio atrás dela.

– Tem alguma mala? – perguntou ela.

– Lá na varanda, Queenie. Não viu?

– Vi. – Ela enfiou a mão na bolsa e pegou 5 dólares. – Pode levá-la para o Osceola.

Carl arrancou os 5 dólares da mão dela.

– Isso vai ajudar, mas não vou torrar em um hotel. Vou ficar aqui.

– Não.

– Sim – falou ele, pegando Queenie pelo braço e apertando com força.

Ela retesou o pescoço de dor, mas não falou nada. Carl embolsou os 5 dólares e largou o braço da esposa.

– Queenie, estou morrendo de sede – falou ele em um tom relaxado, como se jogasse conversa fora. – Será que não consegue me trazer um chá gelado?

Carl se sentou no sofá e gesticulou para que as crianças se aproximassem. Queenie fitou o marido e foi até a cozinha, chamando a filha no caminho:

– Lucille, preciso de ajuda.

Enquanto Malcolm e Danjo ladeavam o pai, constrangidos, respondendo às suas perguntas, Queenie sussurrou para a filha na cozinha:

– Saia pelos fundos. Vá correndo até a casa de Elinor e diga a ela que seu pai voltou. Ela saberá o que fazer.

Lucille saiu imediatamente, deixando a porta dos fundos bater atrás dela. Logo em seguida, Carl abriu a porta da cozinha.

– Foi a minha garotinha que saiu?

– Eu a mandei ir até a casa dos Caskeys para dizer que você está de volta.

– Para eles me darem as boas-vindas e dizerem o quanto estão felizes em me ver em Perdido de novo?

– Não – respondeu Queenie. – Para expulsarem você da cidade. Em um trem, amarrado às costas de uma mula, pelo rio abaixo em cima de uma tora de madeira...

– Eles me expulsaram uma vez, docinho, mas eu fui burro. Aprendi uma coisinha ou outra na cadeia em Tallahassee. Agora estou mais esperto. Sou seu marido pela lei, Queenie, e vou ficar aqui para ajudar a criar meus bebezinhos. Mandei Malcolm ir à varanda pegar minha mala. Aqueles Caskeys não podem fazer nada. Eu vim para ficar, Queenie. O que eu vejo quando olho à minha volta? Uma bela casa. Meus filhos e minha mulher. Comida à vontade. Acha que tenho algum motivo para ir embora?

Queenie ficou calada. Ela lhe entregou um copo de chá gelado e saiu da cozinha, voltando à sala de estar. Danjo estava sentado no sofá, chorando baixinho.

◈

Desta vez, não seria tão fácil se livrar do marido de Queenie.

– Quem vai me expulsar da cidade? – perguntou Carl para Oscar. – Cadê sua arma? Vai atirar em mim? Cadê seu xerife? Ele vai me prender por visitar minha mulher? Vai me botar na cadeia por fazer meu garotinho ficar no colo?

Aubrey Wiggins era o xerife da primeira vez que Carl apareceu em Perdido. Ajudara Oscar a expulsar aquele homem indesejável da cidade. Agora, Aubrey estava morto e Charley Key ocupava a função.

Charley era o xerife mais jovem que Perdido já teve. Cabeça quente, se ofendia com facilidade. Era especialmente cauteloso em relação a fazer ou receber favores. A opinião geral era que, dali a alguns anos, ele se emendaria e as coisas passariam a ser feitas de forma tão simples e tranquila quanto costumava ser na administração de seu antecessor. Mas, por enquanto, o xerife Key não quis dar ouvidos a Oscar.

– Sr. Key, preciso que me ajude com o marido de Queenie Strickland. Ele é um mau elemento e deve ser expulso da cidade.

– O que ele fez?

– Está aborrecendo Queenie.

– Como a está aborrecendo, Sr. Caskey?

– Ele se mudou para a casa dela.

– Os dois não são casados?

– São.

– Então o que o impediria de fazer isso? Em princípio, marido e mulher deveriam morar juntos. Nunca ouvi falar de algo diferente.

– James e eu queremos que ele vá embora. Queenie está infeliz por causa dele, e nós nos importamos muito com ela, Sr. Key.

– Conheço Queenie Strickland – respondeu o xerife. – O que sei dela, eu gosto. Nunca conheci o marido. Onde esteve até agora?

– Preso na Flórida – falou Oscar em voz baixa.

Isso não era de conhecimento geral em Perdido, e o tom conspiratório de Oscar era um apelo para que o xerife não divulgasse aquela informação.

– Pelo quê?

– Não sei. Mas provavelmente por tudo que o senhor possa imaginar.

– Ele cumpriu a pena e foi libertado?

– Diz que sim.

– Então não há nada que eu possa fazer.

– Queenie está *muito* infeliz por causa dele, Sr. Key.

– Conheço muitos casamentos infelizes. Não posso me meter em brigas de marido e mulher. Mas vou fazer o seguinte: vou ligar para Tallahassee e confirmar se ele não fugiu. Se ele tiver fugido da cadeia, vou atrás dele. Caso contrário, não tenho a menor condição de fazer nada.

O xerife Key queria mostrar a Oscar e aos outros Caskeys que a proeminência deles em Perdido não lhes concedia um tratamento especial por parte das forças da lei e da justiça. Oscar entendia isso, mas sabia que Queenie sofreria por conta da lisura do xerife. Decidiu que não valia a pena discutir mais com o homem. Voltou para casa, onde sua esposa e Queenie aguardavam na varanda, e transmitiu a notícia desanimadora.

Elinor ficou furiosa, mas a raiva dela não seria capaz de persuadir o Sr. Key. Sem o xerife, eles não podiam fazer nada.

– Aquele homem fez da minha vida um inferno em Nashville e vai arruinar minha vida aqui também – disse Queenie a Oscar e Elinor. – Conseguem imaginar como vai ser voltar para casa todos os dias sabendo que ele vai estar sentado na varanda, esperando para ver o que vou fazer para o jantar?

– Oscar – disse Elinor –, por que não vai até lá com sua arma e dá um tiro nele? Queenie e eu esperaremos aqui até você voltar.

– Elinor, não posso atirar em Carl! Queenie, acha que ele vai embora se eu lhe oferecer dinheiro? Deve ser para isso que ele veio, não? Por você ter um trabalho, uma casa e tudo mais.

– Não vai adiantar – respondeu Queenie com um suspiro. – James ofereceu 200 dólares para ele morar a dois estados de distância daqui. Carl não aceitou. Disse que queria estar perto dos "filhos queridos". Eu temo por aquelas crianças. Não tem sido fácil criá-las sozinha. O pobre Malcolm com certeza não saiu como eu queria e já se mete em problemas o suficiente. Detesto pensar no que Carl vai fazer com eles!

– Oscar, acho mesmo que você deveria ir até lá dar um tiro naquele homem!

– Quer me ver na cadeia, Elinor? Porque é lá que eu iria parar. Você teria que me visitar no presídio de Atmore. Eu passaria o dia inteiro descascando batatas debaixo do sol escaldante. É isso que os assassinos fazem em Atmore.

Não havia nada a ser feito. As ameaças de Oscar

continuaram vagas, sem a sustentação da força da lei. Carl havia cumprido pena por assaltar uma farmácia em DeFuniak Springs e dar uma coronhada no dono. Desta vez, no entanto, não podia ser acusado de nada que fosse contra a lei. Ele não trabalhava. Por que precisaria de um emprego se sua mulher trabalhava e ganhava um bom dinheiro, se não precisava pagar nada pela casa, havia comida na mesa e as crianças tinham roupas para vestir?

Queenie estava infeliz. Sempre que James entrava na sala dela, encontrava-a tentando esconder que estava chorando. Com delicadeza, ele sempre tentava convencer sua cunhada aflita de que Carl não moraria lá para sempre.

– Quando for a hora certa, vou aumentar minha oferta. E, um dia, vou saber o preço dele. Não vai demorar muito para ele ir embora, Queenie.

Carl tinha se instalado no quarto da esposa. Queenie dormia no sofá da sala de estar e, às vezes, com Lucille.

Como Carl passava seus dias, ninguém sabia. Depois que James vinha buscar Queenie pela manhã, muitas vezes ele pegava o carro da mulher e seguia para algum lugar. Alguém disse a Elinor que o vira no hipódromo em Cantonement. Outra pessoa o viu almoçar ostras em um restaurante no cais do porto de Mobile. Ele também tinha sido visto na varanda da frente da casa da luz vermelha na Baixada dos Batistas. Mas, quando Queenie voltava do trabalho, ele sempre estava sentado à varanda.

– Ei, Queenie, o que tem para o jantar? Estou faminto!

Certa noite, Queenie retornou para casa e encontrou Carl com uma mancha roxa grande em volta do olho esquerdo. Ela não perguntou o que tinha acontecido nem ofereceu uma palavra de compaixão. Não o alertou a não se envolver em mais brigas.

– Aposto que você queria que tivessem arrancado minha cabeça fora, não é? – falou Carl, com seu sorriso malicioso habitual. – Aposto que, no fim das contas, não se incomodaria muito com o estado civil de viúva, hã?

– Acho que eu conseguiria suportar – respondeu Queenie, a voz suave.

– Aposto que até já escolheu meu caixão!

Queenie enfiou a mão no bolso do vestido e retirou duas moedas.

– Está vendo estas moedas? – perguntou ela.

– Estou.

– São para você.

– Então pode me dar.

Ele estendeu a mão para pegar as moedas, mas Queenie se afastou.

– Não. Elas são especiais.

– Como assim, "especiais"?

– Ivey Sapp as deu para mim quando estive na casa da Mary-Love ontem.

– Aquela negra gorda? Por que ela deu dinheiro para você?

– Ela disse que as arranjou especialmente para mim – continuou a falar Queenie, com um sorriso muito raro desde que Carl havia voltado para a cidade. – Ela me disse para guardar essas moedas para o barqueiro.

– Que barqueiro?

– Ivey me disse para andar sempre com elas. Quando você estiver morto e estirado no caixão, vou colocá-las em seus olhos. Serão essas moedas que você vai usar para pagar pela entrada no inferno.

O sorriso de Carl se apagou. Ele esticou a mão outra vez e tentou agarrar as moedas, mas não foi rápido o suficiente. Queenie as largou de volta no bolso, onde retiniram.

## CAPÍTULO 3

# *Danjo*

Nos oito anos desde a morte de Genevieve, o viúvo James Caskey e a filha, Grace, seguiram vivendo em perpétua harmonia na casa vizinha à de Mary-Love. Todos se perguntavam em Perdido se algum dia um pai e uma filha, em qualquer canto da face da Terra, já haviam se dado tão bem quanto os dois. James não media esforços para fazer sua garotinha feliz. Grace chegara a declarar, no último ano do ensino médio, que nunca, sob hipótese alguma, se deixaria convencer a sair da casa do pai.

– Não! – exclamou ele. – Não pode ficar aqui comigo e desperdiçar sua vida, querida. Precisa ir para a faculdade!

– Não vou. Já sei o suficiente. Vou ser a oradora da formatura, papai.

– Não importa. Você tem que ir para a faculdade. Precisa sair um pouco de Perdido.

– Sou feliz aqui, papai. Todos os meus amigos estão aqui. – Grace andava com um grupo de meninas de sua turma e da turma do ano anterior. Eram todas muito amigas e nunca brigavam. – Além do mais, papai, quem vai tomar conta do senhor?

– Cinquenta milhões de pessoas poderiam tomar conta de mim. Esqueceu de Mary-Love, aqui do lado? Elinor? Queenie? Acha que Queenie deixaria algo de mau acontecer comigo?

– Queenie está bastante ocupada com Carl – ressaltou Grace. – E Elinor e a Sra. Mary-Love passam o tempo todo cuidando das crianças e brigando uma com a outra.

– A questão é a seguinte: você precisa ir para a universidade. Precisa sair para o mundo e conhecer o homem que vai fazer você feliz.

– Ele não existe!

– Claro que existe. Todos têm seu par, minha querida. Em algum lugar existe um homem esperando para dar a você o casamento dos seus sonhos.

– Não acredito. Quando olho à minha volta, papai, sabe o que vejo? Vejo você e a pobrezinha da mamãe...

– Esse erro foi *meu*.

– ... e vejo Queenie e Carl. Acha mesmo que vou procurar um marido?

– E o que me diz de Elinor e Oscar? Eles são felizes.

– São a exceção, papai.

– Ora, você também pode ser uma exceção, querida. Tenho certeza. Então não vou deixar que continue em Perdido, achando que vai me fazer algum bem. Querida, eu amo você mais do que tudo, mas...

– Mas o quê?

– Já não aguento mais sua companhia!

Grace riu alto da mentira deslavada do pai.

– Quero que saia desta casa! – acrescentou.

A tentativa dele de demonstrar severidade era desmentida por dezessete anos de extraordinária indulgência.

– E se eu disser que não?

– Vou mandar Roxie *varrer* você para fora. Vou passar o trinco nas telas depois que sair. Se não for para a faculdade, Grace, não te amarei mais.

Ambos estavam dispostos a fazer sacrifícios para beneficiar e consolar um ao outro. Embora Grace desejasse ardentemente ir para a faculdade, também queria permanecer com o pai em Perdido. Ainda que James soubesse que ficaria desolado sem a filha por perto, queria que ela fosse para o Tennessee. Pai e filha continuaram discutindo por várias semanas até Grace finalmente ceder. Ela percebeu que o pai teria prazer em ser abandonado em prol da felicidade pessoal dela. Então Grace fez planos – por mais convencida que estivesse de que James ficaria solitário e triste sem ela. Em setembro, começaria na Universidade de Vanderbilt.

Assim, durante o período mais quente de agosto de 1929, Grace e James subiram o Alabama de carro até Nashville, no Tennessee, onde visitaram o campus, foram apresentados ao reitor da faculdade e escolheram o quarto em que Grace ficaria. Os dois compraram roupas para ela. Montaram um armário com peças suficientes para vestir toda a turma de calouros. Andaram pelas lojas de joias, presentes e antiguidades, nas quais James comprou todos os itens frágeis, bonitos e inúteis que quis, e que logo seriam enfiados nas cristaleiras já abarrotadas da casa dele.

Na última noite dos dois juntos, James levou a filha ao melhor restaurante de Nashville. Deu-lhe um envelope cheio de notas de 5 dólares e disse:

– Querida, se precisar de qualquer coisa é só me ligar, está bem? Envie um telegrama. Seja o que for, eu farei chegar aqui para você.

– Quando posso ir para casa?

– Sempre que quiser. Eu pedirei Bray emprestado e ele virá buscá-la em Atmore. Sempre tenha dinheiro suficiente para uma passagem de trem, ouviu?

– Papai, vou sentir tanta falta do senhor!

– E você acha que não vou sentir sua falta?

– O senhor disse que não.

– Eu menti. Não sei o que vou fazer sem você. Você é minha garotinha. Se eu pudesse, não a deixaria sair do meu lado, mas isso não seria bom para nenhum de nós dois. Quando tinha a sua idade, eu morava com a mamãe. O papai já havia morrido, e eu não sentia falta dele. Eu amava a mamãe de paixão, mas não devia ter ficado. Devia ter cuidado da minha vida. Se eu tivesse feito isso, talvez tivesse conhecido uma boa pessoa e me casado com ela. Mas veja só o que aconteceu: eu fiquei com a mamãe e, quando ela morreu, perdi o juízo e me casei com Genevieve Snyder.

– Papai, se o senhor não tivesse se casado com a Genevieve, eu não estaria aqui sentada tendo essa conversa.

– Tem certeza?

– Claro. O senhor acha o quê? Eu saí da barriga da minha mãe.

– Então suponho que tenha sido uma boa coisa

– disse James com um suspiro. – Embora na época não parecesse nem um pouco.

– O senhor vai ficar bem, papai. Todos em Perdido sabem que estou aqui na Vanderbilt, e a cidade inteira vai querer cuidar do senhor. Solidão vai ser o menor dos seus problemas. Além do mais, veja só como a família dos Caskeys cresceu! Ora, quando eu era pequena, estava sozinha. Não tinha ninguém para brincar ou conversar. Mas, meu Deus, que diferença agora! Elinor chegou à cidade durante a enchente e teve a Miriam e a Frances. Depois, Queenie apareceu e ela tem três filhos...

– Não se esqueça do Carl!

– Queria esquecer! Enfim, papai, temos um monte de parentes na cidade agora. Quando menos se espera, aparece mais um. O senhor nem vai notar que fui embora.

Mas, passados apenas alguns dias, enquanto James desembrulhava os bibelôs, enfeites e pratos que tinha comprado em Nashville na companhia da filha e de acordo com seus conselhos, era como se cada um daqueles itens fosse uma pedra jogada em um poço fundo, seco e escuro que tivesse se aberto sob os pés dele.

Queenie se preocupava que os filhos estivessem expostos demais à presença e às conversas tóxicas do pai. Ela tentava mantê-los fora de casa, longe da influência nefasta de Carl. Temia, no entanto, que Malcolm fosse um caso perdido. Carl já havia levado o primogênito para pescar no alto Perdido, lhe dado uma arma de presente no primeiro dia da temporada de caça, além de ter permitido que Malcolm o acompanhasse ao hipódromo em Cantonement certa tarde de sábado. Foi fácil trazê-lo para o seu lado com essas bajulações masculinas. Um dia, irritado porque a mãe lhe negara um privilégio qualquer, Malcolm declarou que amava muito, muito Carl e que a odiava mortalmente.

Carl tendia a ignorar a filha, achando que uma garotinha como ela não era digna de sua atenção. Para ele, se Queenie ensinasse Lucille a costurar, cozinhar e flertar, a menina já estaria arranjada.

Com Malcolm praticamente perdido e Lucille sem correr grandes riscos, o mais importante para Queenie era manter o caçula livre da influência do pai. Um dia, ela explicou a James:

— Aquele menino não é como Malcolm, e sem dúvida não é como o pai. Ele é tão calado e tímido! Não gosta do jeito como o pai fala. Não gosta das atitudes do pai. Quem me dera... *Quem dera* ele não tivesse que viver na mesma casa que o Carl.

– Bem... – respondeu James, enquanto se sentava de frente para a cadeira de Queenie no escritório externo. – Não sei se para Danjo é pior do que para você e Lucille.

– Mas *é*. Já estou acostumada. Não gosto, mas estou. Carl não incomoda muito Lucille porque ela é menina. Nem a leva para sair com ele, para caçar ou para o hipódromo. Essa é a diferença. E Carl vive falando em comprar uma arma para o Danjo. Uma *arma*, James! Aquela criança tem só 5 anos!

O telefone tocou e a conversa foi interrompida, para não ser retomada naquele dia. Na manhã seguinte, James foi cedo para o trabalho. Assim que Queenie chegou, e antes mesmo que ela tivesse arrumado sua mesa, James deu uma batidinha no vidro e gesticulou para que viesse à sala dele.

– Bom dia, James.

– Bom dia, Queenie. Dormiu bem?

– Tive pesadelos.

– Eu também. Sempre tenho pesadelos quando a casa está vazia.

– Sei o quanto sente falta da sua garotinha! Tem notícias dela?

– Sim, tive. Ela me enviou três cartas, e recebo um cartão-postal quase todos os dias. Comprei um álbum para guardá-los na semana passada.

– Então Grace está se saindo bem na Vanderbilt?

– Está fazendo uma amiga atrás da outra. Diz que está tão feliz lá que quase não se aguenta. Pediu que eu escrevesse mandando más notícias para ela voltar um pouco à realidade.

– James, você queria me dizer alguma coisa? – falou Queenie, pois notara desde o início que o cunhado parecia um pouco distraído.

– Queria, sim. Sente-se, Queenie. Estive pensando sobre o que você falou ontem.

– Sobre o quê, exatamente?

– Sobre Danjo.

Queenie assentiu.

– As coisas não melhoraram nada ontem à noite, melhoraram?

Ela se deteve e refletiu um pouco sobre a questão.

– Odeio dizer isso, James, mas estou me acostumando a ter Carl de volta. Ele não anda batendo em mais ninguém. Acho que não está roubando. Desde que esteja em um quarto à noite e eu em outro, não é tão ruim. Ou pelo menos não seria, se não fosse por Danjo.

– É sobre isso que eu queria falar. Talvez você devesse abrir mão de Danjo.

– Ele é a coisa mais preciosa que tenho!

– Eu sei, mas, Queenie, você não quer que ele seja contaminado! Foi essa a palavra que usou ontem.

– E não quero mesmo. Mas o que posso fazer com ele?

– Pode deixá-lo comigo.

– Com você? Não vai querer aquele menino!

– Como sabe disso? Eu o quero, sim!

– Ele é tão pequeno! O que você faria com uma criança de 5 anos, James?

– Eu o criaria da maneira certa. Tenho experiência. Criei Grace e, como você sabe, na maior parte do tempo cuidei dela sozinho. Genevieve estava quase sempre com você em Nashville.

– Bem, isso é verdade. E quanto a todas aquelas coisas lindas que você tem?

– Não me importo. Danjo é cuidadoso. Ele já esteve na minha casa. E, mesmo que algo quebre, não há problema. Posso comprar o que for preciso repor. Não sou pobre. Posso montar prateleiras altas. Danjo vai ficar bem. Então por que não o deixa comigo, Queenie? Estou muito sozinho sem Grace, mal consigo suportar. Eu estava tão triste ontem à noite, pensando que o que mais precisava neste mundo era de alguém para me fazer companhia...

– E acha que Danjo serviria?

– Danjo seria maravilhoso para mim, Queenie!

– Odeio a ideia de abrir mão dele.

– Queenie, não vou levá-lo para outra cidade. Você poderá vê-lo quando quiser. E pense assim: eu não vou tirá-lo de você, vou apenas tirá-lo de Carl.

– Isso seria ótimo – admitiu Queenie. – Carl vai fazer um alvoroço.

– O que ele pode fazer a respeito?

– Buscar Danjo de volta.

– Vou recebê-lo a bala – prometeu James.

Queenie tamborilou o salto do sapato no chão.

– Deixe-me pensar um pouco, James.

Ela se levantou e foi até a própria sala. Cinco minutos depois, estava de volta.

– E então? – perguntou James.

– Não quero abrir mão dele, de jeito nenhum. Mas isso parece egoísmo da minha parte, quando eu tenho três e você acabou de perder a única filha que tinha.

– Exatamente, Queenie. Seria muito egoísmo seu ficar com Danjo só para você. Então por que não me deixa ficar com ele?

– Está bem. Isso se eu conseguir tirá-lo do Carl.

– *Eu* vou falar com o Carl.

– Vai oferecer dinheiro a ele?

– Não sei. Talvez. Por quanto acha que ele venderia o Danjo? Cem dólares por mês?

Queenie parou para pensar.

– E se fosse um carro novo?

Queenie tinha razão. Em troca de um automóvel novo, escolhido por Carl e que custou 1.200 dólares, Danjo foi confiado aos cuidados de James. Supostamente, a troca seria temporária, mas ninguém se convenceu disso. O menino não foi consultado, mas era uma criança tão dócil que concordaria com qualquer proposta.

Danjo foi instalado no antigo quarto infantil da casa de James, que recebera um papel de parede novo e móveis apropriados. O menino ficou perplexo por não ter que dividir o cômodo com ninguém. Ele chorou um pouco ao se despedir da mãe, mas conteve as lágrimas quando ela o tranquilizou, dizendo que iria vê-lo a todo o momento. Tinha pensado que iriam tirá-lo dela para sempre, e nem mesmo diante dessa hipótese ele se arriscou a protestar com veemência.

No primeiro fim de semana que passou em sua

nova casa, Danjo não se aventurou a sair do quarto e, sempre que James espiava lá dentro, o sobrinho estava sentado muito quieto na beirada da cama. O menino parecia tão tenso e infeliz que James venceu sua relutância habitual de não intervir e, por fim, entrou no quarto. Recostando-se contra o roupeiro junto à porta, ele voltou os olhos para o garoto e disse:

– Vou ter que mandar você de volta para seus pais, Danjo?

O menino ergueu os olhos, que estavam cheios de lágrimas.

– Quero que fique, Danjo, mas parece que não está feliz aqui.

– Estou, sim!

James ficou intrigado.

– Não quer ficar com seus pais?

Danjo pensou no assunto.

– Sinto falta da mamãe – respondeu ele.

– Mas não do seu pai?

Danjo balançou a cabeça vigorosamente.

– Então por que não é mais feliz aqui comigo? Por que não vai correr por aí e brincar? Eu costumava brincar o tempo todo. Sente falta de Lucille e Malcolm?

Danjo balançou a cabeça mais uma vez.

– Não quero quebrar nada – falou ele baixinho.

– Quebrar? Quebrar o quê?

– As coisas do senhor.

James olhou para o menino.

– Está dizendo que não quer sair do quarto porque tem medo de derrubar alguma coisa?

Danjo assentiu, parecendo estar à beira de chorar mais uma vez.

– Ah, meu Deus! – exclamou James Caskey. – Não se preocupe com isso, Danjo! *Eu* não vou ligar se você quebrar algo. Quantas coisas acha que minha Grace quebrou quando era pequena? Quantas coisas acha que Roxie quebra enquanto limpa a casa? Acha que consigo atravessar um cômodo que seja sem algo cair no chão e quebrar? Não consigo! E também não espero que consiga. Danjo, quero que seja feliz aqui. Você sabe quanta coisa eu tenho nesta casa. Se quebrar algo, não vai fazer a menor diferença. Tenho armários cheios de tralha, e ainda vou comprar mais, cedo ou tarde. Agora, claro que não quero que saia daqui e comece a atirar coisas na parede...

Danjo arregalou os olhos, apavorado diante daquela sugestão.

– Quero que goste de estar aqui. Quero que esteja à vontade.

– Quer mesmo?

– Claro que sim. Danjo, sabe quanto paguei por você?

– O senhor comprou um carro para o papai?

– Isso mesmo. E ele me custou 1.200 dólares. Fiz um grande investimento em você, Danjo. E você precisa me ajudar a recuperá-lo.

– Como?

– Se divertindo. Me deixando ver você ser feliz aqui. Me fazendo companhia, para que eu não fique sentindo pena de mim por minha garotinha ter ido embora. Você faria isso?

– Vou tentar! – exclamou Danjo, e então atravessou o quarto correndo para abraçar o tio.

Perdido dizia nunca ter visto uma família como os Caskeys quando o assunto era cuidar de crianças. Trocavam os filhos de casa como se fossem travessas de peru ou outros utensílios domésticos que estivessem sobrando. Carl Strickland não guardou segredo sobre os termos do acordo que deu a James Caskey a custódia de Danjo. Aos olhos da cidade, aquele foi um negócio que tinha a legitimidade de uma transferência de propriedade em cartório. Dali em diante, Danjo pertencia a James Caskey, e Perdido considerava muita bondade de James que ele permitisse que a mãe do menino o visitasse sempre que quisesse.

Parecia uma solução perfeita. Carl Strickland ganhara um automóvel novo. Queenie havia assegurado o futuro moral e financeiro do menino. James tinha uma criança para substituir a que fora embora. E ninguém estava mais feliz com a situação do que o próprio Danjo.

Em vez de se sentir ofendido por ter sido vendido pelo preço de um automóvel novo, Danjo encontrou consolo nas garantias que aquela transação lhe trazia. Era menos provável que ele fosse arrancado dali e levado de volta até o outro lado da cidade para a casa em que era maltratado, em vários níveis e de várias maneiras, pelo irmão, pela irmã e pelo pai, e em que sua mãe costumava ser seu único, embora inadequado, consolo.

Ele amava James Caskey. Nunca deixou de se sentir privilegiado por ter um quarto só para si, ou por viver em uma casa tão serena e cheia de coisas bonitas, ou por ser beijado e abraçado em vez de levar beliscões e socos. A única agonia do menino, que ele mantinha em segredo, era o medo de que um dia seu tio o trocasse também – talvez por um anel de diamantes ou por uma menininha. Se *isso* acontecesse, onde Danjo iria parar?

Dez anos antes, os Caskeys pareciam uma família estéril para o restante de Perdido. Havia apenas a filha pequena de James, Grace, insípida e resmungona, que mal merecia a atenção que seu pai delicado lhe dava. Depois, Elinor e Queenie geraram cinco filhos que foram divididos entre os lares sem crianças da família. Era como se Mary-Love e James tivessem olhado para os céus e clamado: "Tenha piedade, Elinor! Pelo amor de Deus, Queenie! Vocês têm tantas crianças e não temos nenhuma. Por que não nos dão algumas para que possamos aproveitá-las também?"

Não foi assim, é claro, não na família dos Caskeys, onde um favor não seria mais bem-visto do que um tapa na cara. Mas as crianças foram distribuídas de um jeito ou de outro, para que cada casa tivesse ao menos uma. Consequentemente, a própria configuração da família foi alterada e, apesar das hostilidades individuais, os Caskeys pareciam um clã mais jovem, mais vigoroso e mais feliz.

## CAPÍTULO 4

# *Desalojamentos*

A bolsa de valores quebrou em 2 de outubro de 1929, mas nenhuma pessoa em Perdido percebeu qual seria o efeito daquele evento distante, daquela crise estranha que envolvia fé e papéis, na vida de cada uma delas. Os Caskeys, que talvez pudessem ter ficado um pouco preocupados com o que aquilo significaria para a família e a cidade, estavam ocupados com um assunto mais urgente: no dia da quebra da bolsa de valores, Carl Strickland tentou assassinar Queenie.

Agressões não premeditadas raramente aconteciam pela manhã. Paixões violentas eram, na maioria das vezes, causadas pelo acúmulo de calor, álcool e cansaço – elementos cujos efeitos eram sentidos com mais intensidade ao entardecer ou na calada da noite. Mas Queenie Strickland despertou a ira do marido à mesa do café da manhã, quando se recusou a lhe dar 15 dólares para ir ao hipódromo. A reação brutal e inesperada dele serviu apenas para mostrar aos habitantes de Perdido o quanto aquele homem sempre estivera no fio da navalha, ainda que parecesse viver de forma bastante pacífica entre eles.

– Queenie, você tem o dinheiro! – gritou ele do outro lado da mesa.

– É claro que tenho, mas vou comprar comida com ele! Quanto acha que ganho?

– Muito, aquele velho deve te pagar uma boa grana!

– Não paga! Ganho o suficiente para alimentar esta família, nada mais! Por acaso já me viu com um vestido novo? Onde estão os sapatos novos do Malcolm? Lucille faz aulas de piano? Você ouve um piano toda tarde, quando volta do hipódromo? Se precisa tanto de dinheiro, por que não arranja um emprego?

– Me dê o dinheiro, Queenie. Você tem!

– Não.

Queenie se levantou da mesa e gesticulou para que Lucille e Malcolm saíssem da sala. Eles obedeceram, fazendo uma careta para o pai às costas dele. Pouco depois, aliviada, Queenie ouviu a porta da frente bater assim que as crianças saíram.

– O dinheiro é meu – disse Carl, levantando-se da mesa de tal forma que os pratos retiniram e uma xícara saiu rolando e se espatifou no chão. – Tudo que você tem é meu. Onde está?

– Carl, afaste-se de mim.

Ele a pressionou contra a pia. Encheu as mãos com a carne farta da cintura dela, apertando até Queenie gritar de dor. Ela tentou se desvencilhar, mas Carl aumentou a pressão. Em seguida, soltou-a por um instante e, com a mão direita, rasgou o bolso da frente do vestido dela. Dali caíram apenas as duas moedas reservadas para os olhos mortos de Carl.

Quando as viu, ele recuou. Queenie arquejou para recuperar o fôlego e fitou o marido. Ele lhe pareceu repentinamente alucinado, como se tivesse perdido a razão e o controle de uma só vez. Virou-se com violência, agarrou um dos cantos da mesa e a levantou, derrubando-a de lado. Todos os pratos se estilhaçaram e café quente espirrou nas pernas de Queenie, queimando-as. Ela gritou e cambaleou em direção à porta dos fundos.

Carl saiu correndo atrás dela, cerrou o punho e a socou com toda a força na altura dos rins. Queenie perdeu o ar e caiu de cara na pilha de louças em pedaços. Enquanto rolava para tentar se levantar,

Carl lhe deu três chutes bruscos, incisivos e fortes na barriga. Queenie se estirou no chão, soltando um gemido longo.

Carl pisou na cabeça dela com sua bota, fazendo força para baixo e esmagando o rosto de Queenie contra os cacos de uma xícara de porcelana branca. O piso de linóleo amarelo se encheu de sangue sob o corpo prostrado da mulher.

Quando a pressão da bota foi reduzida, Queenie lutou para erguer a cabeça. Sangue tampava um de seus olhos. Malcolm e Lucille estavam parados, horrorizados, diante da porta da cozinha, olhando pela tela. Lucille soltou um grito estridente e saiu correndo. Malcolm foi atrás dela.

Carl pegou uma cadeira e a espatifou nas costas da esposa.

$\backsim$

Os gritos de Lucille fizeram Florida Benquith vir à janela da cozinha na casa ao lado. Quando viu que Malcolm fugia, ela foi correndo até a casa dos Stricklands. Olhou pela porta dos fundos e viu Carl, como um demônio, sentado em cima do traseiro da esposa, usando um descascador de batatas para rasgar a parte de trás do vestido dela.

– Queenie! Queenie! – gritou Florida.

Sangue brotava sob as longas tiras nas costas de Queenie, onde o descascador tinha rasgado o tecido e talhado a pele dela.

Florida voltou correndo para casa e, sem perder tempo dando explicações ao marido atônito, pegou a espingarda carregada de um canto da sala de jantar e voltou às pressas. Quando ainda estava a 6 metros da casa, e bem antes de poder ver através da porta dos fundos dos Stricklands, disparou uma vez, abrindo um rombo na tela.

– Carl Strickland, eu vou meter uma bala em você! – vociferou ela, correndo em direção à porta e entrando na casa.

Alarmado com o estampido da arma, Carl saiu de cima da esposa e se pôs a fugir, saindo pela porta de entrada e atravessando o quintal da frente. Florida deixou Queenie em uma poça de sangue no chão da cozinha e foi atrás dele. Quando chegou à varanda, Carl estava se jogando para dentro do carro. Florida tornou a disparar, estilhaçando uma das janelas laterais do veículo, mas Carl deu partida e saiu dali a toda velocidade.

Florida largou a espingarda na grama e olhou à sua volta, aturdida. A Sra. Daughtry, que vivia do outro lado da rua, estava parada de camisola nos degraus de entrada de sua casa. Os filhos dos

Moyes estavam empoleirados, boquiabertos, à beira da calçada.

– Ligue para Elinor Caskey! – gritou Florida para a Sra. Daughtry, correndo de volta para dentro da casa.

O Dr. Benquith já estava lá e apenas informou:

– Ela ainda está viva...

～

Ninguém fazia ideia do paradeiro de Carl Strickland. Oscar foi até o xerife e disse com frieza:

– Se o Carl voltar e o senhor o vir, faça o favor de nos avisar. Assim, poderemos deixar Queenie bem longe dele. Da próxima vez, ela talvez não tenha tanta sorte.

– Como está a Sra. Strickland, Oscar? – perguntou Charley Key, constrangido.

– Três costelas quebradas, mandíbula deslocada. Perdeu quase toda a visão do olho direito. Fora isso, cheia de cortes e hematomas.

– Lamento saber disso – disse o xerife. – Já notifiquei a polícia estadual. Lá na Flórida também. Disse a eles que o Sr. Strickland andava bastante por Cantonement. Ele está sendo procurado por lá.

– Não me importa onde ele esteja, desde que não seja em Perdido.

– Vou garantir que ele não ponha mais ninguém em perigo – falou Charley com firmeza.

– O senhor poderia ter impedido que *isso* acontecesse – ressaltou Oscar, e então saiu da sala do xerife.

Queenie passou dez dias no Hospital do Sagrado Coração, em Pensacola. Durante esse período, Malcolm e Lucille ficaram com Elinor, tendo sido instalados no quarto de hóspedes na parte da frente da casa. O quarto era tão pouco usado que sequer tinha recebido um nome – embora mais tarde passasse a se chamar "o quarto das crianças".

Elinor e Oscar haviam previsto ter alguma dificuldade com Malcolm e Lucille, que não eram conhecidos por serem crianças exemplares, mas ambos pareciam abatidos e preocupados com o bem-estar da mãe. Todos os dias, Bray levava Elinor, Mary-Love ou James de carro para visitar Queenie, e todos os dias um dos filhos dela os acompanhava.

A atitude de Queenie durante a recuperação era quase de alívio:

– Se era por isso que eu precisava passar para me livrar de Carl de uma vez por todas, então fico feliz que tenha sido assim. Só tenho que torcer para que ele não volte para me fazer mais mal.

～

Queenie foi levada de volta a Perdido no dia 8 de novembro e se instalou na casa de Elinor. Até que Carl fosse encontrado, não era considerado seguro que ela ficasse na própria casa. Ele já a havia surpreendido duas vezes, e poderia fazê-lo outra vez. Enquanto se recuperava na casa de Elinor, Queenie ficou no quarto de Frances, pois o cômodo era uma suíte.

Quando Frances voltou da escola naquele dia, entrou correndo em casa e subiu até seu quarto. Queria abraçar Queenie, mas esta exclamou:

– Por Deus, não, minha filha! Não pode me tocar. Olha só o meu rosto! Nem imagina como estão meus braços e minhas costas debaixo dessas cobertas. É uma coisa horrível de se ver! Mas pode segurar minha mão – disse ela, estendendo os dedos para que a criança tímida pudesse tocá-los.

– Queenie, estou muito feliz que tenha voltado do hospital – falou Frances.

– Não está nada – disse Queenie.

– O que quer dizer com isso? – perguntou

Elinor, olhando para dentro do quarto pela janela que dava para a varanda.

– Olá, mamãe – disse Frances. – Estou, sim, feliz que ela voltou.

– Não está nada – falou Queenie. – Eu fiquei com seu quarto.

– Ah, não tem problema – respondeu Frances. – A senhora está doente, eu não.

– Não estou doente. Só estou toda dolorida e mal consigo me mexer sem ter vontade de sentar e escrever meu testamento, só isso.

Frances deixou Queenie sozinha e se juntou à mãe na varanda.

– Mamãe – chamou ela –, se a Queenie está aqui, onde vou dormir?

– No quarto da frente, querida – explicou Elinor.

Frances ficou abismada. O medo que sentia do quarto da frente, e da porta diminuta do closet à direita da lareira, era mais forte do que nunca. Ela não ficava em casa sozinha, nem mesmo nos dias mais ensolarados. Ainda ouvia, deitada na cama à noite, o som do closet se abrindo sorrateiramente no quarto ao lado e do que quer que estivesse ali saindo com cautela para a escuridão.

Desnorteada pelo terror que a revelação da

mãe lhe havia causado, Frances foi incapaz de dizer outra palavra. Saiu andando dali, completamente atordoada. Nem mesmo em seus momentos de maior medo Frances havia imaginado que passaria uma *noite* naquele quarto da frente. Era tão horrível que ela não conseguia imaginar.

Ser forçada a deitar naquela cama sozinha, à noite, olhando para aquela porta pequena e estranha, esperando que o que quer que estivesse ali girasse a maçaneta bem devagar e se esgueirasse para fora. Não fazia diferença que Queenie estivesse no quarto ao lado, que Lucille, Malcolm e seus pais estivessem do outro lado do corredor, ou que Zaddie estivesse no andar de baixo. Mesmo que toda a cidade de Perdido se espremesse para entrar na casa dela e se enfileirasse pelas paredes, não faria diferença. Frances tinha certeza de que iria morrer.

Naquele momento, ela se viu parada diante da porta do quarto, sem ter percebido para onde seus passos distraídos a haviam levado. Ela girou a maçaneta e espiou lá dentro. Como sempre, o quarto estava mergulhado na penumbra e no frio. O ar parecia não se mover ali.

O cheiro era de coisas velhas, mais velhas do que um quarto em qualquer casa de Perdido poderia ser. Para Frances, cheirava como se gerações inteiras dos Caskeys tivessem morrido ali; como se, ao longo de décadas, mães da família Caskey tivessem dado à luz bebês natimortos naquela cama; como se uma linhagem ininterrupta de maridos tivesse assassinado suas esposas adúlteras e as enfiado naquele roupeiro; como se uma centena de esqueletos com carne putrefata e trapos no lugar de roupas estivesse amontoada naquele closet pequeno, entulhada entre as peles e as penas.

Pela primeira vez desde que se lembrava, Frances notou que o relógio na cornija da lareira tinha recebido corda e tiquetaqueava. Ela estava prestes a fechar a porta quando o relógio, que tocava a cada quinze minutos, pareceu chamá-la. Frances resistiu ao chamado, fechou a porta com aflição e fugiu pelo corredor, sem ousar olhar para trás. Ela correu de volta para a varanda e enterrou a cabeça no colo da mãe.

– O que houve, querida? – perguntou Elinor.

– Não quero dormir no quarto da frente! – disse Frances aos prantos.

– Por que não?

– Estou com medo.

– Medo de quê?

Frances se deteve, pensando em como articular sua resposta.

– Estou com medo daquele closet.

– Do closet? – falou Elinor, rindo. – Não há nada naquele closet. Só minhas roupas, sapatos e chapéus. Você já olhou dentro dele.

– Me deixe dormir no quarto em que a Lucille e o Malcolm estão. Eles podem dormir no quarto da frente.

– Eles já se instalaram e estão muito bem ali. Não vou mudá-los de quarto.

– Então deixe a Queenie dormir lá! Me deixe ter meu quarto de volta, mamãe!

– Queenie precisa de um banheiro só para ela. Além do mais, quero que esteja perto de mim, para eu poder ouvir se ela me chamar.

– Então me deixe ir para a casa do tio James.

– James já tem trabalho suficiente com o Danjo. – A voz de Elinor já não era tão suave como quando Frances fez seu primeiro pedido. – Tem mais alguma sugestão?

– Eu ficaria até na casa da vovó.

– Se eu mandasse você para a casa da Sra. Mary--Love tendo um quarto vazio aqui, ela nunca me deixaria esquecer isso. Não quero ouvir nem mais um pio. Você vai dormir no quarto da frente até

Queenie se recuperar e voltar para a casa dela, e até termos certeza de que Carl não vai mais incomodá-la. Entendido?

– Elinor! – chamou Queenie do outro lado da janela.

Elinor foi até a janela e olhou para dentro.

– Posso fazer algo por você, Queenie?

– Pode, sim. Não pude deixar de ouvir a conversa de vocês e quero que me passe para o quarto da frente e deixe Frances ter o quarto dela de volta.

– Queenie, espero que não esteja levando a tolice de Frances a sério.

– Frances não quer que eu fique na cama dela, e eu entendo. Ela quer o quarto dela de volta. Se fosse o meu, eu também não iria querer abrir mão dele.

– Queenie, não vou deixar você ir para lá. Ouça bem, você precisa do próprio banheiro, e quero que esteja aqui, onde eu possa me sentar à varanda e conversar com você pela janela. É por isso que está nesse quarto, e não há motivo para Frances não dormir no quarto da frente. Fica a menos de 2 metros daqui, não do outro lado do mundo.

A menina ouvia a conversa, trêmula.

– Frances – falou Elinor com rispidez –, venha comigo.

Frances seguiu a mãe pelo corredor até o quarto da frente. Sem hesitar, Elinor foi até o closet e abriu a porta com um puxão.

– Está vendo como não tem nada dentro do closet? Tenho tanta coisa ali dentro que não há *espaço* para nada se esconder.

A criança não respondeu, apenas manteve a cabeça abaixada.

– Frances, você tem falado com Ivey Sapp? Ela tem contado histórias sobre criaturas que comem garotinhas?

– Não, senhora!

– Tem certeza?

– Sim, senhora.

– Bem, se Ivey tentar meter caraminholas desse tipo na sua cabeça, não quero que dê ouvidos a ela. Ivey nem sempre sabe do que está falando. Ela confunde as coisas.

– Mas então *existem* criaturas que podem comer a gente?

– Não neste closet – respondeu a mãe, de forma evasiva.

– Então onde elas estão?

– Nada vai comer *você*, meu amor – disse Elinor enquanto fechava o closet e se sentava na beirada da cama. – Venha cá, Frances.

Frances foi timidamente até a mãe e Elinor a levantou do chão, colocando-a ao seu lado.

– Sim, mamãe?

– Ora, nós às vezes passeamos pelo rio no barquinho do Bray, não é?

– Sim, senhora.

– E você sente medo?

– Não, senhora.

– Por que não? Outras garotinhas teriam medo. Lucille Strickland não sairia para passear de barco no Perdido.

– Mas a senhora está lá, mamãe. É por isso que não tenho medo.

Elinor abraçou Frances e disse:

– Isso mesmo! Você é minha garotinha e nada vai acontecer com você. Além do mais, de todas as pessoas, *você* é quem menos deve ter medo daquele rio. Então por que tem medo deste quarto, quando sabe que estou logo na outra ponta do corredor?

– Não sei – respondeu Frances, angustiada. – E se aquilo me pegar antes de a senhora chegar para me salvar?

– O que é "aquilo"?

– Não sei.

– Então como sabe que está ali?

– *Eu sinto, mamãe!*

Elinor libertou a cintura dos braços da filha, afastou-a para o lado e fitou o rosto dela.

– Ouça bem o que vou dizer, Frances – falou ela com uma voz paciente, mas determinada. – Não há nada neste quarto que possa machucar você, entendeu? Se vir qualquer coisa, é apenas sua imaginação. São sombras, poeira refletindo a luz. Se ouvir algo, é apenas sua imaginação. É a casa se assentando nas bases ou o ranger dos móveis. Se sentir que algo está tocando você, são seus nervos adormecendo ou um mosquito pousando em seu braço. Nada além disso. Você estará sonhando. Sonhando que está ouvindo algo, sonhando que está vendo algo, sonhando que algo está tentando arrancar você da cama. Está me entendendo? Nada vai acontecer com você neste quarto porque *eu* não vou deixar.

A mãe mostrou algumas das roupas que já haviam sido trazidas e penduradas no roupeiro. Elinor abriu as gavetas e fez a filha admitir como era bom o cheiro do sachê colocado ali dentro. Abriu as cortinas e mostrou a Frances que a vista do dique e da casa da Sra. Mary-Love era praticamente a mesma que teria do próprio quarto.

Por fim, Elinor girou a chave no trinco da porta do closet pequeno e disse:

– Olhe só, Frances, estou trancando a porta. Não precisa se preocupar. Se houver alguma coisa ali dentro, não vai mais conseguir sair. Você estará em total segurança. E lembre-se, se ouvir ou sentir alguma coisa, não se deixe abalar. É só sua imaginação. Você é *minha* garotinha, e nada de mau pode acontecer com você.

## CAPÍTULO 5

# *Trancado ou destrancado*

Naquela primeira noite em que Queenie voltou a Perdido, Frances esgotou todo o seu repertório de truques de procrastinação, e, por mais engenhosa que fosse, por fim chegou o momento em que ela foi retirada do colo do pai na varanda e lhe disseram que precisava ir impreterivelmente para a cama.

– Por que está agindo assim? – perguntou o pai.

– Ela está com medo de ir para a cama – explicou Elinor.

– Você dorme sozinha desde *pequenininha*! – exclamou Oscar, surpreso.

– Ela não está com medo de ficar sozinha – prosseguiu Elinor. – Está com medo do quarto da frente.

– O que tem no quarto da frente? – perguntou Oscar. – Mal consigo me lembrar da última vez que estive ali. Lembro de ter escolhido cortinas novas, mas isso faz anos e anos! Elinor, você alugou o quarto para alguém sem me falar?

Mas Frances não riu, e se agarrou ao pai com mais força ainda.

– Elinor – disse Oscar, vendo que a filha estava mesmo assustada –, será que não pode deixá-la dormir conosco?

– Não. Assim, ela vai querer dormir conosco para sempre.

– Não vou! – protestou Frances. – É só por esta noite!

– E na noite de amanhã, e na de depois de amanhã...

– Sua mãe quer que você fique no quarto da frente – disse Oscar –, então parece que vou ter que carregar você até lá.

Oscar fez isso, deitando-a na cama e a cobrindo. Balançou as cortinas para mostrar que não havia ninguém escondido atrás delas, ajoelhou-se de forma teatral no chão e olhou debaixo da cama, abriu a porta da passagem que levava ao antigo quarto de Frances, onde Queenie já dormia, e sacudiu a maçaneta do closet para mostrar que ela continuava trancada. Deu um beijo de boa-noite na filha, desligou a luz e saiu do quarto.

Depois que o pai fechou a porta, Frances já não conseguia se convencer de que o quarto da frente permanecia conectado ao restante da casa. Ela estava isolada da proteção dos pais; eles nunca a ouviriam se chamasse. O quarto da frente era real, mas aquelas portas já não se comunicavam com a casa em que Elinor e Oscar Caskey viviam. Aquelas janelas já não davam vista para a mesma cena familiar.

Agora, Frances tremia ao pensar no espaço inimaginável que poderia haver atrás daquelas portas, que paisagem inesperada e sombria poderia ser vista por aquelas janelas. Ela se manteve rígida na cama, fitando a escuridão inquietante, esperando, em um estupor aterrorizado, ouvir algo começar a se mexer dentro do closet.

Pouco a pouco, seus olhos se acostumaram ao escuro, permitindo que distinguisse vagamente os objetos do quarto como sombras contra mais escuridão. O candelabro de ferro fundido sobre o pé da cama era seu ponto de referência. Fixou o olhar nele. Parecia oscilar, mas o ar não se movia no quarto. Frances se encolheu, enfiando-se debaixo das cobertas. Sob os lençóis engomados, a respiração da menina parecia quente e úmida.

De vez em quando, ela ouvia rangidos. Com um

sobressalto, pensou escutar o barulho de uma bola de gude cair no chão e sair rolando.

No fim das contas, adormeceu. Ou pelo menos deve ter adormecido, pois Zaddie a acordou pela manhã, abrindo as cortinas para revelar um dia nublado. Frances sentiu o alívio que um homem sentiria ao escapar por pouco de uma morte terrível, como se o animal que o perseguisse tivesse se distraído por um instante e mudado de direção, esquecendo-se da presa.

– Vocês vão todos tomar café da manhã na varanda hoje, Frances – falou Zaddie, ajoelhando-se ao lado da cama e calçando as meias na menina.

– Zaddie, estou faminta! Posso comer três fatias de pão hoje?

– Claro que pode! Vamos fazer o seguinte? Se terminar de se vestir, vou descer agora mesmo e pôr o pão no forno.

– Posso me vestir sozinha – disse Frances. – Não precisa me ajudar.

– Eu gosto de ajudar você a se vestir! Você é minha garotinha!

Frances abraçou Zaddie.

– Zaddie – sussurrou ela. – Estou muito feliz por você não ter ido para aquela faculdade.

– Bem, se eu tivesse feito isso, quem iria cuidar

da minha garotinha? Ninguém nesta cidade ama você mais do que eu! – disse Zaddie, rindo, e deixou Frances sozinha de novo.

Frances fez uma pequena demonstração de bravura, que só ela mesma testemunhou. Sem hesitação aparente, abriu a porta do roupeiro e guardou o pijama dobrado no canto mais escuro da última prateleira. Em seguida, foi sozinha até a passagem que conectava os quartos, chegando a se fechar ali, e se demorou escolhendo uma toalha limpa.

Após voltar ao quarto, deixou cair um broche no chão para poder se agachar e olhar debaixo da cama, como se nada daquilo fosse intencional. No fim das contas, talvez o perigo naquele quarto tivesse sido apenas sua imaginação. No fim das contas, talvez não houvesse nada a temer.

Zaddie a chamou do corredor.

– Frances, seu pão está pronto!

Frances sorriu e correu os olhos pelo quarto. Quando estava quase saindo, radiante de confiança, decidiu se livrar do último vestígio de medo. Então, sacudiu a maçaneta da porta trancada do closet.

– Já vou! – gritou para Zaddie.

Em seguida, pensando apenas no que estava prestes a comer, atravessou correndo o quarto e girou a maçaneta da porta do closet, à espera do barulho reconfortante que lhe mostraria que, mesmo que houvesse algo ali dentro, não podia sair para pegá-la.

Mas a maçaneta não fez barulho. Em vez disso, girou suavemente quando ela mexeu, fazendo a porta se abrir para revelar um amontoado de peles e penas. Frances então soube que o perigo que havia passado durante toda a noite havia sido imensuravelmente maior do que imaginara.

De alguma forma, em algum momento da noite, a porta do closet fora destrancada.

Frances foi correndo até a mãe e disse a Elinor, com toda a firmeza que conseguiu reunir, que nunca mais dormiria naquele quarto.

– Quieta! – falou Elinor. – Continua com essa ladainha sobre aquele quarto?

Frances assentiu, taciturna.

– Aconteceu alguma coisa esta noite?

– Não – respondeu Frances com um sussurro aflito, ajoelhando-se no banco suspenso e enterrando a cabeça no pescoço da mãe. – Mas hoje de manhã, quando acordei, a porta do closet estava destrancada.

Elinor não falou nada em resposta.

Frances insistiu, na defensiva:

– A senhora trancou a porta ontem à tarde, mamãe! Eu vi! O papai sacudiu a maçaneta à noite e continuava trancada! Daí, quando levantei, estava *destrancada*. Por favor, me deixe dormir com a senhora e com o papai hoje à noite.

Elinor levou a filha até o quarto da frente, puxou a maçaneta da porta do closet e demonstrou que, na verdade, ela continuava trancada.

– Quem trancou a porta? – exclamou Frances, olhando para a porta com angústia e horror renovados.

– Ninguém! – exclamou Elinor. – Ela nunca esteve destrancada. Foi só um sonho, querida.

– Não foi, nada!

– Você vai matar a mim e ao seu pai de preocupação com isso, Frances. Não quero mais ouvir falar desse assunto. Quero que coloque na sua cabeça que vai ficar neste quarto até Queenie estar bem o suficiente para ir para casa, entendeu?

– Sim, senhora – respondeu Frances.

Naquela noite, Frances foi sumariamente posta debaixo das cobertas, beijada às pressas e abandonada sem delongas à escuridão do quarto e ao closet.

Durante as várias semanas de convalescença de Queenie, Frances passou todas as noites atormentada no quarto da frente. Em algumas noites, o terror talvez pudesse parecer um pouco menor, levando-a a pensar que estava se acostumando. *Nunca aconteceu nada.* Mas, na noite seguinte, sentia um medo redobrado.

*Estava só esperando que eu baixasse a guarda.*

Elinor não repetiu a experiência de trancar a fechadura na frente da filha. Em vez disso, limitava-se a dizer:

– Isso é tolice, Frances, uma grande tolice. Você sabe que não há nada naquele closet além de roupas, chapéus e sapatos.

Durante o dia, a porta estava sempre trancada. Era apenas à noite que o closet começava a fazer suas travessuras. Nessas horas, a porta às vezes estava trancada, em outras, não. Todas as noites, depois de ter ficado um bom tempo deitada na cama, sem nem pensar em adormecer, Frances se levantava sem fazer barulho, andava até o closet e testava a fechadura. Não importava qual fosse o seu palpite, *trancada* ou *destrancada*, ela sempre se enganava.

Com o passar do tempo, começou a transformar aquilo em um jogo, em que parava diante da porta e fazia uma previsão sobre a fechadura: estaria ela trancada ou destrancada? Giraria sem resistência ou chacoalharia em sua mão? O que quer que escolhesse, nunca acertava.

Ela se acostumou até mesmo com esse padrão enlouquecedor e, na mente da menina, a bravura que exibia ao testar a porta sempre parecia neutralizar o perigo real do closet. Depois disso, ela se permitia dormir tranquila pelo restante da noite.

Uma noite, no entanto, ela acordou de repente, arrancada de seu sono com o pressentimento de que havia algo muito errado. O quarto estava mergulhado na escuridão, a casa silenciosa. De alguma forma, Frances soube que todos estavam dormindo, menos ela.

Sem pensar, levantou-se na cama, chutou os travesseiros para o lado e abriu as cortinas da janela da frente. O quarto ficou menos escuro. Agora, Frances conseguia enxergar os contornos da porta do closet. Via a fechadura de latão, que emitia um leve brilho dourado. Ela havia trancado o closet. Tinha certeza de que ninguém entrara no quarto para desfazer aquele gesto de bravura. Mas, se experimentasse a maçaneta, a porta continuaria trancada?

Decidiu girar a maçaneta. Se a porta ainda estivesse trancada, ela estaria segura e voltaria a dormir. Se estivesse destrancada, então o que quer que houvesse ali dentro saltaria para fora e a mataria.

Frances fez sua habitual prece ineficaz e começou a sair da cama.

Um retângulo de luz azul-esbranquiçado e frio incidiu de repente em volta da porta do closet. Era tão luminoso que revelava as cores das franjas do tapete. O lado esquerdo do retângulo de luz começou a se expandir; os outros três permaneceram faixas estreitas. Após observar aquilo como se fosse um mero fenômeno de progressão geométrica, Frances se deu conta de que o movimento da luz era o resultado da porta do closet se abrindo devagar.

O corredor no centro do segundo andar da casa dos Caskeys era amplo, com uma longa passadeira azul-escura sobre o piso de parquê. Em uma extremidade, ficava a porta com vitral que dava para a estreita varanda sem tela na frente da casa. Na outra, ficavam o patamar e uma janela grande, no meio do caminho entre o primeiro e o segundo pisos, que dava para o quintal dos fundos e o dique.

Frances fugiu por esse corredor, um grito desesperado preso em sua garganta. As portas de todos os outros quartos estavam fechadas. Ela mal podia acreditar que seus pais estivessem atrás de uma delas, Queenie atrás de outra, Lucille e Malcolm dormindo tranquilamente atrás de uma terceira.

Agarrou a bola que encimava o corrimão no topo da escada, virando-se para olhar o corredor. Uma brancura, que não parecia vir da luz do sol, de uma lamparina nem do luar, agora formava um retângulo – muito parecido com aquele que surgira na porta do closet – ao redor da porta do quarto da frente, que Frances havia fechado.

Para ser tão radiante, o quarto deveria estar repleto daquela claridade sobrenatural, branco-azulada. Frances tinha certeza de que a porta do closet estava escancarada. O que quer que estivesse dentro do closet havia se apossado do quarto da frente. Talvez espreitasse debaixo da cama à procura dela, como a própria menina sempre fazia.

Enquanto Frances ficava olhando, à espera de que aquela porta se abrisse como acontecera com a outra pouco antes, o brilho começou a se espalhar pelo corredor como uma névoa. Sob a luz forte, ela agora conseguia discernir as linhas dos tacos de madeira junto às paredes, bem como os padrões do papel que as cobria.

Frances não teve coragem de incomodar os pais. Tinha certeza de que, no instante em que saíssem para o corredor, o clarão se dissiparia e ela seria mandada de volta para o quarto da frente, levando uma bronca por seus gritos e pelo medo. Decidiu, portanto, descer até o pequeno quarto junto à cozinha em que Zaddie dormia. Zaddie lhe daria um cobertor e Frances se enroscaria nele no chão, feliz da vida. A luz no closet poderia fazer o que bem entendesse.

Não ocorreu a Frances que o que quer que estivesse no quarto da frente poderia oferecer perigo a outra pessoa além dela. Seja lá o que trancasse e destrancasse a porta, seja lá o que produzisse aquela luz nebulosa e agora vagasse dentro do quarto da frente, estava interessado apenas em Frances.

Ela desceu correndo as escadas e se deteve no patamar. Atrás da janela grande, o céu ainda estava escuro. Os carvalhos-aquáticos não passavam de sombras amorfas gigantescas. Não era possível ver o dique. Ela se voltou mais uma vez para olhar para trás. A porta do quarto da frente tinha sido escancarada e a luz se despejou pelo corredor, alvejando as cores que havia ali. Os painéis do vitral na porta da varanda refletiam a luz em tons diluídos.

Trêmula, Frances fechou os olhos e agarrou o corrimão. Enquanto estava ali, paralisada de medo, a janela do patamar se estilhaçou com um estrondo atrás dela. Uma enxurrada de cacos de vidro e lascas de madeira caiu sobre Frances, que não conseguiu mais conter os gritos.

## CAPÍTULO 6

## *O saco de aniagem*

Elinor e Oscar foram despertados pelo barulho da explosão e pelos gritos de Frances e Queenie. Enquanto Elinor se levantava da cama, ouviu-se um som de tiro, a janela do quarto do casal se estilhaçou e um quadro na parede oposta caiu no chão. Alguém parecia estar disparando do dique contra a casa.

– Pelo amor de Deus, Elinor, abaixe-se! – exclamou Oscar.

Elinor não deu atenção. Saltou da cama e saiu correndo do quarto, gritando:

– Frances! Frances!

Mais disparos. Elinor ouviu as janelas se despedaçarem no primeiro andar. Baques surdos ecoavam à medida que as balas atingiam a lateral da casa. Uma janela pareceu quebrar em algum lugar, e Elinor ouviu Zaddie gritar.

Queenie parou à porta de seu quarto, apoiada à ombreira para se manter de pé. Ela levou o polegar ao interruptor para acender a luz do corredor.

– Não! – exclamou Elinor. – Não faça isso! Eles vão conseguir ver dentro de casa!

– Deve ser o Carl! – gritou Queenie, alucinada.

Uma bala, disparada pela janela quebrada do patamar, zuniu pelo corredor e partiu três painéis do vitral da porta na extremidade oposta.

– Mamãe? – chamou Malcolm, titubeante.

Lucille e ele estavam parados diante da porta aberta do quarto das crianças, olhando para os cacos de vidro a seus pés.

– Voltem para o quarto! – Elinor se apressou a dizer. – Sentem-se no chão e não se mexam.

As crianças hesitaram.

– Andem!

Lucille e Malcolm recuaram e fecharam a porta.

– Queenie, volte e sente-se naquela poltrona no canto. Aconteça o que acontecer, não se levante.

– É o Carl! – gritou Queenie, desesperada. – Ele está tentando nos matar!

Os disparos, que haviam parado por alguns instantes, voltaram. Elinor se manteve empertigada, apoiada na moldura da porta do quarto. Com baques estrondosos, duas balas se alojaram no teto do corredor.

– Frances! – chamou ela.

– Mamãe? – respondeu a menina, sua voz fraca e aterrorizada vindo do andar de baixo.

– Onde você está?

– Na escada! Eu me cortei com o vidro!

– Frances, não acenda nenhuma luz. E não tente voltar aqui pra cima.

– Sra. Elinor!

– Zaddie?

– Sim, senhora!

– Zaddie, não acenda nenhuma luz. Está vendo a Frances?

– Estou, sim.

– Zaddie, venha até mim – sussurrou Frances.

– Suba as escadas e vá pegá-la – falou Elinor –, depois leve-a até o corredor da frente. Fique longe das janelas.

– Quer que eu chame a polícia, Sra. Elinor?

– Não, Oscar já está fazendo isso.

Oscar estendeu o braço atrás de Elinor e pousou a mão no ombro dela.

– Não consigo falar com o Sr. Key. Tem certeza de que é o Carl?

– Quem mais atiraria na nossa casa, Oscar?

– Mais ninguém, suponho. Estão todos longe das janelas, Elinor? – sussurrou Oscar, como se, mesmo àquela distância, Carl pudesse descobrir onde estavam.

– Lucille e Malcolm estão no quarto das crianças. Parecem seguros, pelo menos por enquanto, porque estão na parte da frente da casa. Queenie está sentada na poltrona de canto no quarto da Frances. Alguns tiros perfuraram as telas e a janela de dentro está quebrada, mas, se Queenie não sair dali, ela vai ficar bem.

– Onde está Frances?

– Lá embaixo, com a Zaddie. Mandei as duas se sentarem no corredor. Frances se cortou quando a janela da escada se estilhaçou.

– O corte foi feio?

– Não sei.

– Vou ligar para o Dr. Benquith.

Oscar voltou para a sala de estar, que não tinha janelas que davam para os fundos e para o louco que atirava ali, e telefonou para Leo Benquith. Em seguida, voltou à porta, dizendo:

– Ele está a caminho, mas eu disse para ter cuidado e que devia...

Elinor não estava mais lá. Oscar chamou por ela em desespero.

– Silêncio! – exclamou ela do patamar.

Estava ajoelhada, atravessando centímetro a centímetro o chão coberto de vidro. Depois que passou do perigo da janela exposta do patamar, Elinor se levantou e desceu as escadas. Cacos de vidro crepitavam sob os pés dela.

– Vou ver como Frances está, Oscar! Fique aqui. Não deixe Queenie e as crianças saírem de onde estão!

– Elinor, você não devia ter se afastado de mim!

– Mamãe! – gritou Frances.

Ignorando as lascas de madeira e os cacos de vidro, Elinor se sentou no último degrau. Estendeu os braços para a filha, que saltou para se aninhar neles.

– Frances, entrou alguma coisa nos seus olhos? Consegue me ver?

Eles ouviram mais disparos e madeira se despedaçar.

– Ele está mirando a treliça – comentou Zaddie baixinho.

– Mamãe, estou sangrando!

– Eu sei, mas ainda consegue me ver bem? Com os dois olhos?

– Sim, senhora.

– Então está bem – falou Elinor, afastando-a

com um beijo. – Fique agarrada a Zaddie, ouviu? Não largue dela. E você, Zaddie, mantenha-se abaixada. Quem quer que seja, ainda está no dique, mas já quebrou todas as janelas dos fundos da casa, então, deve começar a dar a volta para o outro lado. Se fizer isso, quero que você e Frances rastejem até a despensa e tranquem a porta, entenderam?

Ouviu-se outro tiro, mas desta vez de dentro de casa.

– Mamãe!

– Shhh! É seu pai, que está trocando tiros com Carl pela janela. O problema é que acho que seu pai não conseguiria acertar uma pessoa nem que ela estivesse na frente dele segurando o cano da arma.

Elinor se levantou e foi depressa até a porta da frente. Quando pôs a mão na maçaneta, Frances gritou, angustiada:

– Mamãe, o que está fazendo?

– Shhh! – disse Zaddie, agarrando Frances pela cintura para impedi-la de ir atrás da mãe. – Sra. Elinor, a senhora vai resolver o assunto?

– Zaddie – falou Elinor, enquanto saía pela porta –, eu vou tentar.

A porta se fechou atrás de Elinor, e Zaddie e

Frances ficaram abraçadas ali, cercadas de detritos, escuridão, confusão e medo.

~

Carl Strickland estava sentado confortavelmente no caminho que passava pelo dique, atrás da casa de Oscar Caskey. Ele tinha dois rifles, duas espingardas de cano duplo, uma caixa de munição calibre .22 e outra de balas de espingarda. Havia se espantado com uma luz branco-azulada que se espalhara pelos corredores do andar de cima da casa dos Caskeys, mas, graças àquela mesma luz, fora capaz de estilhaçar a janela grande no patamar dos fundos.

A luz se apagara imediatamente e, para a decepção de Carl, nenhuma outra tinha se acendido. Ficou satisfeito com os gritos que ouviu. Havia assustado a família, pelo menos, embora não houvesse tido a sorte de matar ninguém.

Carl esperava que o xerife fosse aparecer em sua viatura, mas ninguém tinha vindo. Nunca pensara que aquilo tudo fosse ser tão tranquilo e, já que os moradores da casa não pareciam tomar uma atitude, começou a se perguntar se não deveria descer e dar a volta para disparar contra as janelas do outro lado. Graças ao grito inconfundível da mulher, ele sabia em que quarto Queenie estava. Para garantir, disparou mais um tiro pela varanda com tela do segundo andar e sorriu ao ouvir mais vidro se estilhaçar do lado de dentro. *Aquele* era o quarto de Queenie. Ele imaginou a bala se enterrando na carne farta da mulher.

Vira o clarão de um disparo vindo de outra janela do segundo andar, mas a bala passou longe dele. *Aquele* devia ser Oscar Caskey, pensou Carl, e atirou de volta com uma pontaria muito melhor.

Se eles também estavam armados, refletiu Carl, talvez fosse melhor dar o fora dali. Haveria outras oportunidades.

Ele disparou mais dois tiros contra a casa, esvaziando as armas. Então, após guardá-las em um saco de aniagem junto com a munição, levantou-se, espanou as roupas com as mãos e desceu correndo pelo lado do dique que dava para o rio, usando o saco pesado como lastro para manter o equilíbrio.

Ouviu um carro ao longe. *Aí vem a polícia*, constatou, jogando o saco dentro do barco que usara para vir da margem oposta. Carl empurrou o barco mais adiante na água até ele flutuar livremente, então entrou, tomando cuidado para não desestabilizar a embarcação.

Assim que ergueu os remos, foi surpreendido

pelo som abafado de água espirrando mais à frente no rio, mas não devia ser nada. Ele fitou a escuridão, mas nada lhe chamou a atenção.

Remou depressa em direção à margem oposta, mas, apesar de toda a sua força, não conseguiu evitar que a correnteza empurrasse o barco de forma acentuada rio abaixo. A margem norte do Perdido, que não era contida por um dique, era instável e pantanosa. Diante dela, erguia-se um grande bosque de carvalhos silvestres antigos. Escondido entre eles, estava o automóvel que ele recebera de James Caskey em troca do filho mais novo.

Não havia lua no céu, que estava nublado. O Perdido corria silencioso, suave, veloz e implacável na direção do redemoinho na confluência a poucas centenas de metros rio abaixo.

Com cuidado, Carl saiu do barco. O pé dele afundou na lama da margem, cobrindo a parte de cima de seu sapato esquerdo. Ele o levantou com cara de nojo, avançando para um solo mais firme enquanto puxava o barco. Os carvalhos silvestres naquele bosque eram algumas das maiores árvores em todo o Alabama, e muito provavelmente as mais velhas.

Em uma área de 3 ou 4 acres, vários grupos de árvores, que não perdiam as folhas rígidas durante o inverno, erguiam-se como cúpulas negras, seus galhos mais baixos tão maciços que as extremidades se arrastavam pelo chão. Assim, cada árvore formava um dossel fechado e, debaixo desses guarda-chuvas vivos, enfeitados de barbas-de-velho, nenhuma grama crescia, nenhum animal se abrigava e mesmo em noites de luar a escuridão era total. As crianças, que não tinham medo ou escrúpulos de andar de bicicleta sobre morros que eram cemitérios indígenas, se recusavam a brincar ali. As árvores e o bosque eram majestosos, mas de forma angustiante, como se tivessem sido concebidos como um monumento a alguém que houvesse estado ali muito antes dos indígenas, dos espanhóis, dos franceses, dos ingleses e dos americanos, os quais haviam, sucessivamente, se apropriado do bosque.

Carl pretendia esconder o barco debaixo de um desses dosséis, pois assim poderia ficar relativamente tranquilo de que não seria descoberto. Ainda não havia terminado com os Caskeys ou com sua esposa.

Ele pegou o saco de aniagem e o pousou com cuidado no chão em uma espécie de clareira entre duas das árvores perto da margem do rio. Em seguida, arrastou o barco até os carvalhos silvestres mais próximos, atravessando de costas a cortina de galhos até o interior do espaço coberto. Não enxergava nada. Soltou um pequeno grito quando um emaranhado de barbas-de-velho se enroscou de repente em seu rosto. Largou o barco sem cerimônia perto do tronco volumoso do carvalho silvestre e, em seguida, tateando o ar com os braços estendidos, refez cautelosamente seus passos. O vento sussurrava pelos galhos, e mais barbas-de--velho caíram sobre o rosto dele, como uma rede jogada sobre um animal que se esgueirasse por ali. Quando Carl levantou as mãos para afastar as plantas, seus dedos se enroscaram e ele arrancou, impaciente, as barbas-de-velho do galho.

Tateando às cegas, as mãos dele bateram em um galho curvado para baixo que não havia visto. Quando saiu de baixo daquela cobertura, a noite negra parecia clara em comparação com aquele espaço inescrutável.

Ele avançava com cautela, torcendo para não bater com a cabeça ou ficar enroscado nos galhos menores, quando se deteve ao ouvir um barulho que vinha de fora do perímetro da árvore. No mesmo instante, reconheceu que era o som de suas armas sendo remexidas. Um ruído de madeira partindo se fez ouvir, duas vezes, até que outro mais prolongado revelou que sua caixa de munições tinha sido aberta e o conteúdo dela, espalhado.

– Ei! – exclamou ele, mas sua voz não soou nem tão alta, nem tão hostil quanto pretendia. Carl atravessou depressa a cortina de galhos e se viu mais uma vez sob o céu aberto.

Na clareira em que deixara o saco de aniagem, havia uma mulher. Ela vestia uma camisola branca que cintilava, ensopada da água do rio. Estava de costas para Carl enquanto apanhava um dos rifles e o atirava com facilidade no rio. Carl correu. Sem se apressar, a mulher apanhou outras duas armas e também as jogou na água. Então, virou-se para encarar Carl.

Era Elinor Caskey.

– Queenie disse que era você quem estava atirando do dique.

Carl correu na direção dela, uma de suas mãos erguidas para golpeá-la. Com um simples movimento do braço, ela o repeliu.

A força daquele golpe despreocupado o derrubou no chão.

Carl ergueu os olhos para a mulher, incrédulo. Mal conseguia distinguir os traços do rosto de Elinor na escuridão, mas a camisola que pendia do corpo dela continuava a brilhar.

– Minhas armas... – Carl começou a balbuciar.

– Eu precisava do saco de aniagem – disse Elinor.

Ele se levantou depressa. Andou em volta da mulher, titubeante. Será possível que ela o havia golpeado com força suficiente para levá-lo ao chão, ou teria Carl perdido o equilíbrio e caído? Agora, estava atrás dela.

– Para quê? – perguntou ele.

Carl notou um sorriso no perfil indistinto de Elinor quando ela se virou.

– Para você, Carl – respondeu Elinor.

Ele desferiu um golpe na barriga dela com toda a força. Mas o que havia ali não era carne, mas algo muito mais flexível e resiliente. Elinor pareceu inclusive ficar mais ereta depois do golpe, e ergueu um braço. Algo, que não era uma mão, fechou-se sobre o ombro de Carl.

Com uma pressão repentina e decisiva, Carl foi levado ao chão. A pressão, aplicada apenas em um ombro, comprimiu imediatamente um dos lados de seu corpo. A clavícula foi a primeira a ceder, seguida pelas costelas, esmagadas e partidas. Fragmentos de ossos perfuraram o pulmão, e uma artéria se rasgou. Empurrado para cima, o fêmur atravessou a pelve, enquanto a rótula se estilhaçou contra o solo. Diante daquela força, a canela e o pé se despedaçaram.

Carl soltou um grito, estrangulado pelo sangue que enchia seus pulmões.

Um lado dele continuava inteiro, mas o outro fora esmagado até um terço do espaço que ocupava anteriormente.

Com um movimento semelhante, Elinor colocou aquilo que não era uma mão no outro ombro de Carl. Ela o pressionou rapidamente em direção à terra.

Carl a fitava, boquiaberto. O corpo inteiro dele estava mutilado, quase todos os ossos deslocados, os ligamentos rompidos, órgãos fora do lugar. A coluna vertebral permanecia intacta, mas servia apenas para curvá-lo na forma de uma bola. Ele ficou com metade da altura. Por instinto, tentou se endireitar, pôr-se de pé, mas seu corpo não era capaz de obedecer. Apenas esticou o pescoço um pouco para cima, o queixo castigado se erguendo no ar noturno.

De repente, Elinor se deixou cair diante dele, mas com um movimento que não era o de uma mulher se agachando ou se pondo de joelhos. Era o movimento de uma criatura diferente. Carl ouviu o vestido de Elinor se rasgar em uma dezena de lugares, como se já não servisse no corpo que cobria. O rosto dela estava a apenas 30 centímetros do dele e, na escuridão, Carl conseguia ver que o semblante de Elinor se alargara, tornando-se achatado e redondo; os olhos protuberantes eram enormes; a boca monstruosa, sem lábios, produzia um sibilo molhado com um sorriso que nada tinha de humano.

Ela ergueu os braços de ambos os lados do corpo de Carl. Ele arquejou e se encolheu, preparando-se para o golpe que com certeza o mataria. Mas o golpe não veio, apenas a escuridão, assim como o cheiro pungente de aniagem.

Elinor estava cobrindo o corpo dele com o saco.

Carl rezou para morrer, mas a morte não veio. Tampouco a inconsciência. Embora o corpo dele abaixo do pescoço parecesse estar em uma explosão de dor constante, sua mente mantinha uma clareza implacável durante todo o processo.

A dor, considerou ele, não poderia ser pior – nem que ele sofresse mil mortes, nem que passasse mil anos no inferno.

Mas Carl estava enganado: a dor piorou. De repente, ele foi atirado para cima dentro do saco de aniagem e carregado de cabeça para baixo. O saco não arrastava a terra, tampouco batia nos joelhos de Elinor, portanto ela deveria estar carregando-o com uma só mão e o braço esticado.

Mas que tipo de mulher, que tipo de *ser*, poderia ser tão forte?

O cérebro de Carl se encheu de sangue. Os membros quebrados dele, sem vida, envolveram sua cabeça dentro do saco até o asfixiarem. Ele se viu sufocado pelos fragmentos do braço esquerdo. Carl Strickland era um homem grande, e agora estava sendo carregado em um saco no qual a própria filha teria dificuldade em caber.

A confusão de membros quebrados pressionando o rosto dele não o sufocou rápido o suficiente, pois Carl se manteve consciente a ponto de perceber que estava sendo carregado até o rio. Elinor entrou devagar na água. Ele sentiu, com o topo da cabeça, o líquido penetrar a barreira da aniagem. Em seguida, sentiu a correnteza do rio pressionar com mais força o tecido contra sua orelha. O odor cada vez mais forte do rio invadiu aquele espaço restrito, e Carl sentiu o gosto da lama do Perdido à medida que a água inundava o saco e jorrava para dentro de sua boca.

Não foram as artérias rasgadas, os pulmões perfurados, os órgãos rompidos ou os ossos esmigalhados que mataram o marido de Queenie. Carl Strickland se afogou nas águas do rio Perdido.

## CAPÍTULO 7

# *A consciência dos Caskeys*

Na noite em que Carl Strickland teve a audácia de disparar contra a casa de Oscar Caskey, o xerife de Perdido estava bebendo com amigos do outro lado da fronteira do estado, na Flórida.

Enquanto Charley Key voltava a Perdido e descobria o ataque de Carl, os Caskeys avaliavam os estragos.

Key entrou na casa, assobiou baixinho, olhou para Oscar e disse:

– Strickland fez isso? Tem certeza?

– Mas é claro que tenho – respondeu Oscar, carrancudo.

– Ele ainda está lá fora?

– Não, já foi embora.

– Como pode ter certeza?

Zaddie estava na escada, varrendo vidro e lascas de madeira para baixo, degrau por degrau.

Elinor veio da cozinha, segurando no colo a filha enfaixada. Pálida e distraída, Frances se agarrava bem firme ao pescoço da mãe.

– Tenho certeza – falou Oscar – porque Elinor saiu pela frente e deu a volta às escondidas até o dique.

– Eu o vi pegar as armas, subir o dique até o outro lado e entrar em um barco – acrescentou Elinor, sem estender nenhuma cordialidade especial ao xerife. – Mas devia estar bêbado, porque o barco virou na água.

– Sra. Caskey, foi um disparate ir lá fora! Olhe o que ele fez aqui. A senhora poderia ter sido atingida! – exclamou o xerife Key.

– Eu estava armada – respondeu Elinor com frieza. – E não vimos as forças da lei aparecerem para nos proteger. Oscar estava disparando contra Carl da janela, então eu saí para pegá-lo pela retaguarda.

– A senhora atirou?

– Não foi preciso. O rio deu cabo dele... xerife – prosseguiu Elinor, dando uma ênfase irônica ao cargo. – Oscar e eu agradecemos que tenha vindo. Que bom que esperou os momentos mais agitados passarem. Se tivesse vindo mais cedo, não teríamos a oportunidade de conversar. Mas pode nos dar licença, por gentileza? Preciso terminar de enfaixar minha garotinha.

– Precisamos drenar aquele rio – disse Charley, grandiloquente. – Vamos cuidar de Carl Strickland!

– Charley – falou Oscar, à guisa de lembrança –, foi exatamente isso que pedi para fazer algumas semanas atrás, mas o senhor nem se deu ao trabalho. Agora Queenie Strickland, que continua toda roxa, está no andar de cima chorando no banheiro. Minha garotinha aqui está toda cortada por conta dos vidros. Todas as janelas da nossa casa estão quebradas. E Carl deve estar girando e girando na confluência dos rios. Por que simplesmente não vai para casa dormir um pouco?

Zaddie varreu uma pilha grande de lascas de madeira e cacos de vidro entre as balaustradas, e os detritos caíram no corredor abaixo com um estrépito melodioso e uma nuvem de poeira.

❧

Frances se recusou a voltar para o quarto da frente naquela noite. Elinor estava prestes a insistir, mas Zaddie intercedeu em favor da menina.

– Sra. Elinor, ela ainda tá assustada. Deixa a Frances dormir comigo.

– Sua cama já é tão estreita, Zaddie!

– Não me importo, mamãe! – exclamou Frances, desesperada.

Por fim, e com relutância, ela recebeu permissão para dormir no quarto atrás da cozinha. Foi deixado bem claro, no entanto, que essa indulgência se devia unicamente ao ataque de Carl Strickland.

Por volta da alvorada, quando a casa voltou a ficar silenciosa e as crianças dormiam, Elinor e Oscar estavam deitados na cama, acordados. Pelas janelas estilhaçadas, uma brisa soprava do rio, trazendo o cheiro tanto da água quanto da lama vermelha do dique.

– Não consegue dormir, Oscar?

– Não, não consigo.

– Por conta de toda a comoção?

– Sim, em parte. Eu estava pensando, Elinor.

– Em quê?

– Você mentiu para o xerife.

– Claro que menti – retrucou Elinor, sem titubear. – Acha que iria desperdiçar a verdade com aquele paspalho?

– O que aconteceu lá fora entre você e Carl?

Elinor não respondeu de imediato. Ela se virou na cama e pousou um braço ao longo do peito de Oscar.

– O que acha que aconteceu, Oscar?

Ele ficou sem ação por alguns instantes. A luz fraca da aurora já começava a iluminar o quarto.

– Não sei – respondeu Oscar. – Você mentiu para Charley Key, não tinha arma nenhuma. Quando voltou para casa, sua camisola estava pingando água do rio. Seus pés descalços estavam sujos da lama do Perdido. Sei que entrou na água porque, quando voltou, trouxe o *cheiro* daquele rio com você. Juro que não sei como vai ser capaz de usar aquela camisola novamente.

Elinor se aninhou mais contra o corpo de Oscar na cama. Enlaçou-o com o braço e colou os pés ao pé dele.

– Carl morreu – falou ela baixinho. – Eu vi quando ele se afogou.

– Acredito em você – disse Oscar. Ele fitou o teto, os braços cruzados atrás da cabeça, apoiada no travesseiro. – Quem me dera ter arrebentado a cabeça de Carl quando ele estava atirando pela janela. Era isso que eu queria. Ele atirou contra a nossa casa! Poderia ter acertado Frances, você, Queenie ou qualquer um de nós. Eu seria capaz de arrancar a cabeça dele do pescoço se tivesse chegado perto o suficiente. Elinor...

– Que foi?

– Você matou Carl Strickland?

Ela correu o polegar pelo pescoço dele.

– Sim.

– Eu imaginei – disse Oscar, sua voz suave. – Como fez isso? Como chegou perto o suficiente dele sem levar um tiro?

Elinor passou as pernas por cima das de Oscar e enfiou os pés debaixo dos tornozelos dele. Estava enroscada no marido, colada a seu corpo.

– Se eu contar, você vai ficar bravo?

– Por Deus, não – falou ele com brandura. – Acabei de dizer que *eu* teria feito o mesmo se pudesse.

– Estava escuro – explicou Elinor. A cabeça dela estava junto à de Oscar no travesseiro, e ela falava baixinho em seu ouvido. – Ele não conseguia me ver. Eu nadei debaixo d'água e virei o barco enquanto ele atravessava para a outra margem.

– Ele atacou você?

– Não, nem percebeu o que fiz.

– Você estava *tentando* matá-lo?

– Não exatamente – respondeu Elinor. – Só queria molhar as armas dele para inutilizá-las. Mas ele entrou em pânico assim que caiu na água. Cheguei a vê-lo se debater e depois se afogar.

– Você tentou salvá-lo?

– Não – confessou Elinor. – Não posso dizer que tentei. Isso incomoda você? Acha que eu deveria ter tentado?

– Não, não – disse Oscar com um suspiro. – Acho que fez a coisa certa. Só queria que não precisasse ter chegado a tanto. Isso vai pesar na sua consciência?

– Acho que não.

– Que bom, porque não deveria. Carl colheu o que plantou. Se você não tivesse agido, seria apenas uma questão de tempo até ele matar um de nós, provavelmente Queenie. Ela era o verdadeiro alvo, imagino. Não entendo como algumas pessoas arranjam parceiros tão ruins. Pobre Queenie. Ela provavelmente ficará feliz em saber que Carl morreu. Mas acho que não devemos contar que você o matou.

– Oscar, está decepcionado comigo? Sabe, alguns maridos poderiam ter objeções se suas esposas saíssem à noite para matar pessoas.

Oscar deu uma risadinha.

– Eu, não. Desde que não torne isso um hábito.

– Mas parece um pouco perturbado.

– E estou. Deveria ter sido eu a matá-lo, não você. Isso deveria pesar na *minha* consciência.

– Como teria feito? – perguntou Elinor, rindo. –

Oscar, você sabe que não consegue acertar o dique com o rifle nem se estiver a 6 metros de distância. E que tampouco iria nadar no Perdido no meio da noite. *Só podia* ter sido eu.

– Imagino que sim. Mas ouça, Elinor, se for preciso matar mais alguém nesta família, deixe que *eu* trato disso daqui para a frente, está bem? Já está pronta para tentar dormir um pouco?

– Ainda não – sussurrou ela.

Elinor havia tomado banho e trocado de camisola, mas naquela manhã após a morte de Carl Strickland, Oscar percebeu que o cheiro do rio continuava impregnado nos cabelos da mulher e nos membros dela, que permaneciam enroscados em seu corpo.

～

No dia seguinte, bem cedo, Bray e Oscar carregaram Queenie em uma cadeira dobrável até o topo do dique.

Elinor levou um guarda-sol para protegê-la do calor e, em seguida, com Zaddie, Frances e os filhos de Queenie, toda a família se acomodou para assistir à operação de drenagem.

Em meia hora, a polícia estadual resgatou os três rifles de Carl, que foram identificados por

Queenie e Malcolm. Do próprio Carl, não encontraram vestígios.

– Queenie – chamou James, que se juntara ao grupo no dique, solidário. – Sinto muito.

– Pelo quê, James? Pelo quê? – indagou a mulher. – Não vê o que aquele homem fez comigo? Sabia que posso ficar manca pelo resto da vida? Sabia que posso ficar cega de um olho? Carl quebrou todas as janelas de trás da casa da Elinor e do Oscar! Foi um milagre ninguém ter morrido. Já viu os cortes no rosto de Frances? – Então ergueu o guarda-sol sobre a cabeça, girando-o em meio à sua agitação.

Ao longo da manhã, a maioria dos demais habitantes de Perdido subiu o dique e foi andando até onde Queenie continuava sentada, observando os patrulheiros rodoviários e o xerife Key em seus barcos. Todos sabiam que drenar o rio era uma operação inútil. A corrente era rápida, e a confluência, um sorvedouro inexorável do qual quase nunca era possível recuperar corpos. No entanto, Carl fora um criminoso, de modo que se julgou uma boa ideia tentar provar a morte dele.

Mary-Love fez uma breve aparição, de mãos dadas com Miriam.

– Queenie, por que trouxe aquele homem para

a cidade? Por que não o deixou em Nashville? Onde já se viu, vir aqui dar tiros à noite?! Ele poderia ter errado a mira e acertado minha preciosa Miriam!

– Os tiros me acordaram! – acrescentou Miriam, petulante.

– Mary-Love, acredite, não foi minha intenção...

– Espero que o encontrem lá embaixo. Só assim teremos certeza de que ele nunca mais vai voltar. Miriam e eu não dormimos nem *um* minuto depois que seu marido começou a atirar! Só os ecos foram suficientes para ferir meus tímpanos!

– Também espero que o encontrem – falou Queenie. Ela enfiou a mão no bolso do vestido e fez retinir as duas moedas de prata ali. – Mary-Love, quero ver aquele homem estendido à margem do rio. Quando isso acontecer, vou descer deslizando por esse dique. Tenho estas duas moedas para pôr nos olhos dele...

O corpo de Carl continuou desaparecido, mas ninguém tinha dúvida de que ele havia se afogado. O automóvel dele foi encontrado estacionado no bosque de carvalhos silvestres, as armas estavam no leito do rio, enquanto fragmentos de seu barco foram bater na lateral do dique mais além da confluência.

Na escola, Malcolm contou com orgulho histórias de como o pai tentara matar todos eles:

– Ele mirou minha cabeça, mas eu me agachei! Não ia deixar ele me acertar!

Lucille fingiu estar sofrendo para ser dispensada de atividades indesejadas na escola.

O terceiro dia da drenagem foi uma farsa – apenas um policial com um gancho de metal, conduzido lentamente pelo rio por Bray, em seu barco. Observando do dique, Queenie disse a Ivey Sapp, que trouxera uma jarra de chá gelado:

– O que acha que devo fazer com essas moedas, Ivey? Devo guardá-las comigo?

– O Sr. Carl não vai voltar, Sra. Queenie.

– Tem certeza?

– Eles nunca vão encontrar aquele homem.

– Quem me dera ter essa certeza!

– Sra. Queenie, por que não se levanta e joga essas moedas no rio? Isso vai manter os ossos dele lá no fundo.

Com a ajuda de Ivey, Queenie se levantou de sua cadeira e atirou as moedas na água lamacenta e vermelha.

## CAPÍTULO 8
### *O teste*

As duas tentativas de Carl Strickland de assassinar a mulher ofuscaram, aos olhos de Perdido, o acúmulo de desastres causados por Wall Street. A bolsa de valores havia quebrado, mas quem em Perdido além dos donos das madeireiras tinha muito dinheiro?

Assim sendo, ninguém deu muita atenção aos acontecimentos no mercado de ações, mas todos na cidade aguardavam ansiosamente para ver o que seria de Queenie Strickland. Ela voltou ao trabalho na fábrica. Abriu as portas de casa e nunca mais voltou a trancá-las. Levava Malcolm e Lucille ao cinema Ritz sempre que o cartaz mudava e parecia se divertir como se fosse uma criança que entrou de férias.

A recuperação de Queenie foi rápida. No dia em que certificou a morte do marido jogando duas moedas na água, ela voltou para a própria casa. Foi bom que tivesse sido assim, pois, quando Frances acordou na cama de Zaddie no dia depois que Carl atacou a casa, havia desenvolvido uma paralisia nas mãos e nos pés, algo incomum para uma menina de 7 anos. O Dr. Benquith diagnosticou aquilo como artrite incipiente.

Frances passou um mês sem ir à escola. Durante esse período, sua mãe cuidou dela sem jamais reclamar. Queenie tinha certeza de que a causa havia sido o ataque de Carl à casa. Quase toda a cidade de Perdido concordava com isso, ignorando a insistência do Dr. Benquith de que a artrite *não era* causada apenas por uma experiência desagradável.

Mais de um ano se passou, e a felicidade de Queenie ficou evidente aos moradores de Perdido. Agora, no entanto, a crise que envolvia papéis e fé em Nova York começava a ter repercussões em Perdido. Ninguém, nem mesmo os precavidos Caskeys, haviam previsto o quanto esses efeitos seriam descomunais e inquietantes.

O banco fechou as portas na semana de Natal de 1930. Todos perderam dinheiro.

Apesar de a demanda por madeira ter caído, as madeireiras continuaram em funcionamento. Não houve demissões, embora alguns dias não houvesse trabalho suficiente para ser distribuído a todos os trabalhadores nas fábricas, e muitas vezes o negócio parecesse não passar de um exercício de caridade por parte dos Turks e dos Caskeys.

Perdido pareceu sofrer menos do que outras regiões do país. Ou talvez fosse apenas impressão; afinal, a cidade estava acostumada a adversidades. A prosperidade dos anos 1920 havia chegado à zona rural do Alabama com passos tímidos e, quando deu meia-volta e fugiu, Perdido gozara tão pouco de sua companhia que mal sentiu falta.

As privações da Guerra de Secessão pareciam recentes, e havia negros na Baixada dos Batistas que tinham nascido escravizados. Mary-Love Caskey e Manda Turk haviam nascido durante as privações humilhantes da Reconstrução. Mas não havia dúvida de que o momento era de escassez.

A "loja de artigos de luxo" de Grady Henderson foi rebaixada a uma simples mercearia, enquanto Leo Benquith passou a aceitar galinhas, lombo de porco e ervilhas como pagamento para suas consultas médicas. Na escola, os casos de micose e raquitismo aumentaram. O acesso a comida de boa qualidade e em quantidade suficiente se tornou caro demais para as famílias mais pobres. Várias lojas na cidade fecharam as portas, e o Hotel

Osceola teria o mesmo destino se Henry e Oscar não tivessem emprestado dinheiro aos Moyes. O Osceola era necessário para as madeireiras, pois abrigava os poucos compradores que vinham do Norte, castigado pela crise. As doações haviam diminuído nas igrejas em relação aos anos anteriores, embora o número de fiéis tivesse aumentado. Talvez pela mesma razão, o Ritz, incluindo o balcão para pessoas negras, ficava lotado quase todas as noites.

Mesmo assim, os Caskeys mantiveram a solvência nos negócios. A diversificação de operações da madeireira por parte de Oscar garantiu que uma parcela do negócio continuasse rentável. O dinheiro de Mary-Love tinha sido investido, fortuitamente, em coisas que não eram tão afetadas pela Depressão. As viagens a Mobile e Birmingham para comprar novas toalhas de mesa e vestidos, no entanto, eram coisa do passado. Mary-Love usava suas roupas antigas ou pedia à empobrecida Sra. Daughtry que lhe costurasse novas. Oscar passava o dia inteiro na fábrica, sem muito o que fazer.

James Caskey sofreu mais do que Mary-Love. A maioria de suas ações tinha perdido grande parte do valor, e a empresa não gerava quase nenhum retorno. Apesar das dificuldades financeiras incomuns, ele estava feliz novamente. Aos 60 anos, gostava do ritmo mais lento da madeireira, que funcionava com pouquíssima ajuda de sua parte. Queenie e ele eram muito amigos agora. Almoçavam juntos todos os dias em sua casa e passavam a tarde batendo papo no escritório. Ele passava as noites sossegado em casa, ouvindo rádio. Danjo geralmente se sentava no sofá ao lado dele, folheando livros e pedindo ajuda ao tio com as palavras difíceis.

James tinha poucos desejos, e sentia prazer em cuidar daqueles que precisavam de atenção. Quando Roxie ia fazer compras, garantia que ela comprasse o suficiente para alimentar não só Danjo e ele, mas o marido de Roxie e seus quatro filhos.

Queenie recebia um aumento quase todos os meses, seu salário sempre pago do próprio bolso de James. Toda semana na Vanderbilt, as amigas de Grace ficavam pasmas quando *mais* um chumaço de notas de 5 dólares chegava em um envelope. James não fazia quase nada para si, e mal podia ser convencido a comprar um terno novo na Páscoa. Já não adquiria bibelôs de porcelana ou espátulas para bolo de prata de lei, dizendo, com sensatez, que já havia coisas demais em sua casa.

Apenas Oscar e Elinor tiveram verdadeiras dificuldades. Oscar continuava endividado por conta das terras que comprara de Tom DeBordenave e, como havia tão pouco corte, o rendimento dessas terras foi reduzido drasticamente. O pouco retorno que obtinha ia para o banco em Pensacola. O casal continuava a viver apenas com o salário de Oscar.

Na primavera de 1931, o banco exigiu o pagamento do empréstimo de Oscar. Naquela tarde, sem falar com ninguém, ele foi de carro até Pensacola e solicitou uma reunião com o presidente do banco. Foi-lhe dito que o próprio banco estava passando por dificuldades. O empréstimo havia sido cobrado como uma medida para evitar o encerramento involuntário da instituição. No entanto, como os Caskeys tinham feito inúmeros negócios com eles ao longo dos anos, ficou acordado, após uma reunião de emergência com o conselho, que apenas metade da dívida pendente precisaria ser paga.

No fim da tarde daquele dia, Oscar visitou a mãe. A portas fechadas no quarto dela, ele pediu um empréstimo de 111 mil dólares para preservar seu investimento, sua saúde financeira, a honra dos Caskeys e o futuro da madeireira. Ela se recusou.

– Oscar, eu disse para não comprar aquelas terras.

– Não é verdade, mamãe – respondeu Oscar, calmo. – A senhora só ficou sabendo depois da compra.

– Se tivesse tido a decência de falar comigo a respeito com antecedência, eu teria dito para não comprar. Fico feliz que o banco esteja agindo dessa forma. Você não tem nada que ficar preso àquelas terras.

– Mamãe, aquelas terras têm *árvores*. Pinheiros--amarelos foram plantados em cada acre.

– Oscar, James e eu temos 200 mil acres de terras nos condados de Escambia, Monroe e aqui. Pinheiros-amarelos, pinheiros-de-folha-longa e pinheiros-americanos estão plantados ao longo desses 200 mil acres. E qual foi a última vez que tivemos uma encomenda de 10 pés quadrados de tábuas de madeira? Foi ontem, por acaso? Ou três semanas atrás? Por Deus, Oscar, não conseguimos nem começar a cortar o que temos agora!

– Mamãe, a senhora está me entendendo mal de propósito? – perguntou Oscar.

Olhou pela janela do quarto da mãe para a própria casa. Conseguia ver a esposa e a filha sentadas no banco suspenso do quarto-varanda. Estavam debaixo de uma luminária com franjas vermelhas. Elinor lia para Frances em voz baixa.

– Como assim?

– Ora, estou pedindo que a senhora me empreste o dinheiro pelo meu bem, não pelo bem da madeireira. Aquelas terras são tudo o que tenho. Se as perder, não me restará nada.

– Você tem sua casa.

– Mamãe, aquela casa é sua. A senhora nunca transferiu a propriedade para mim – respondeu Oscar com pesar.

– Tem seu trabalho na madeireira.

– É, tenho – retrucou Oscar. – E praticamente me matei de trabalhar por ela. Cada centavo do dinheiro que gerei foi para as mãos da senhora e de James. Calma, não estou reclamando, fiz isso com prazer. É a madeireira dos Caskeys, e eu sou um Caskey. Mas, mamãe, me parece justo que a senhora me dê uma pequena recompensa por ter facilitado tanto a vida de vocês nesse período tão turbulento.

– Eu não chamaria 111 mil dólares de "uma pequena recompensa".

– Mamãe, a senhora tem esse dinheiro. Sei bem disso. E sei disso porque *eu* gerei esse dinheiro para a senhora. Assinei os cheques e os depositei na sua conta em Mobile.

– Não vou rasgar dinheiro colocando-o em um

mau investimento. Oscar, você não precisa daquelas terras. Desista delas. Deixe o banco tomá-las de volta. Eles não tinham que ter emprestado o dinheiro para começo de conversa. Por que não dá Frances em troca para eles? Do mesmo modo que me deu Miriam pela sua casa, que tal?

Oscar ficou constrangido pela crueldade das palavras da mãe.

– Está bem, mamãe – disse ele, levantando-se. A voz e o rosto dele estavam inexpressivos.

– Desista daquelas terras. Quem disse que deveria ter propriedades?

– Como quiser, mamãe.

Oscar se levantou, olhando para ela, que estava sentada em uma cadeira de balanço junto à janela. Por cima do ombro da mãe, via Elinor e Frances sob a luz suave da luminária. Ouvia as vozes de Elinor e da filha se misturarem enquanto liam juntas um poema de um livro. O vento naquele fim de tarde era úmido e fresco. Os galhos de carvalhos-aquáticos rangiam muito acima do solo.

Mary-Love Caskey ficou inquieta sob o olhar do filho.

– Você só está fazendo isso por causa de Elinor – falou ela. – Se não fosse por ela, estaria feliz fazendo o que sempre fez. Foi ela quem cuidou para que se endividasse mais do que devia por aquelas terras que nunca vão trazer nada de bom.

– É isso mesmo que a senhora acha, mamãe?

– Sim. E é a verdade.

– Odeia a Elinor tanto assim?

– Shhh! Ela vai ouvir.

– A senhora odeia Elinor a ponto de me levar à falência só para magoá-la, mamãe?

– Você vai ficar bem, Oscar. Acha que deixarei você passar fome?

– Não, não acho – falou Oscar. – Mas acho que gostaria de ver Elinor, Frances e eu ajoelhados diante de sua porta dos fundos, esperando Miriam nos trazer um prato de comida.

Mary-Love ficou calada por alguns instantes. Seu filho nunca tinha falado com ela de tal maneira. No entanto, não havia raiva ou emoção na voz dele.

– Oscar – prosseguiu ela como se o filho não tivesse dito nada –, tudo isso será uma lição.

– A falência?

– Vai ensinar você a não dar um passo maior do que as pernas.

Oscar soltou uma risada curta e apática.

– Mamãe, eu não vou à falência. Vou manter aquelas terras.

– O que quer dizer com isso?

– Quero dizer que, se a senhora não me ajudar, tio James vai me ajudar.

– Não vai, nada!

– Mamãe, tio James foi meu fiador. Se eu não pagar, o banco vai pedir o dinheiro a ele. A senhora sabe que, se isso acontecer, tio James vai vender tudo o que tem para pagar a dívida. Vai ser duro para ele, e eu odiaria colocá-lo nessa situação, mas ele vai garantir que o banco receba o dinheiro. Então vou ficar endividado *com ele*, em vez de ter uma dívida com o banco.

– Por Deus, Oscar! Se isso é verdade, então por que veio falar comigo?

– Porque é minha mãe, é rica e eu trabalhei para a senhora minha vida inteira. É rica por *minha* causa, e está na hora de a senhora fazer algo para me ajudar.

– E vou ajudar, Oscar. Eu ajudaria você com qualquer coisa.

– Não, mamãe – disse Oscar. Ele já estava diante da porta e se recostou nela, girando a maçaneta. – Não ajudaria. A senhora acabou de dizer que não. Acabou de dizer que preferiria me ver falido a me ajudar, mesmo que no fim das contas vá prejudicar a madeireira, tio James e a si própria. Faria tudo isso só para humilhar Elinor, e para me humilhar por ter me casado com ela.

– Você fez isso para me testar, Oscar! Não tinha a intenção de pegar meu dinheiro emprestado. Só queria ver se eu jogaria a toalha, nada mais do que isso! Isso é desprezível da sua parte, é...

– Não – falou Oscar, balançando a cabeça, sua voz suave vencendo o tom raivoso de Mary-Love. – Eu precisava mesmo da senhora. Tio James já me ajudou antes, e agora eu queria que *a senhora* me ajudasse, mas não quer fazê-lo. Isso me deixa triste, mamãe...

– O que vai fazer, Oscar? – perguntou Mary-Love com uma voz grave, desconfiada. Talvez o teste ainda não houvesse acabado.

– Vou pedir dinheiro emprestado ao tio James. Já disse.

– Por acaso sabe se ele tem? Sabe se vai emprestá-lo?

– Ele vai – respondeu Oscar. – Tenho certeza. Ninguém vai ficar inadimplente. Eu vou superar isso, e um dia vou pagar tudo de volta ao tio James. E a madeireira dos Caskeys também vai superar essa situação. Já a senhora, mamãe, vai ficar ainda mais rica. E, quando morrer, vamos encher seu caixão de notas de 100 dólares. Vamos colocá-

-la no cemitério bem ao lado de Genevieve, onde imagino que vá se divertir muito, com todo aquele dinheiro para mantê-la aquecida.

Depois que o filho foi para casa, Mary-Love ficou sentada no quarto escuro, olhando pela janela. Viu Oscar aparecer na varanda telada da casa ao lado, beijar Elinor e pegar Frances no colo. Ouviu sua voz sussurrante ler para a filha.

～

No dia seguinte, Luvadia Sapp bateu à porta de Elinor.

– Bom dia, Luvadia – cumprimentou Elinor ao recebê-la. – Precisa de algo?

– A Sra. Mary-Love me mandou entregar isto para a senhora – respondeu Luvadia, estendendo um documento com um selo vermelho.

Naquela manhã, Mary-Love tinha ido ao gabinete do escriturário de inventário e transferido a propriedade da casa para Oscar e Elinor.

## CAPÍTULO 9
### *Na nascente do rio*

Ao lidar com o pedido de empréstimo do filho, Mary-Love não compreendera que alguns gestos são imperdoáveis. Oscar tinha razão ao dizer à mãe que ela queria vê-lo falido para humilhar Elinor, mas não era só isso. Mary-Love também queria garantir que o filho continuasse para sempre dependente dela.

Se Mary-Love tivesse percebido que James emprestaria o dinheiro a Oscar, e *deveria* ter percebido isso, não teria hesitado nem um instante em ajudar o filho. Dessa forma, talvez tivesse mantido sua posição como fonte de riqueza da família Caskey.

Diante da recusa da mãe, Oscar recorreu a James, que vendeu um lote de títulos e lhe deu o dinheiro sem um resmungo de reprovação. Metade da dívida pendente de Oscar junto ao banco foi imediatamente cancelada, o que por sua vez diminuiu as parcelas mensais do que restava. Com isso, Elinor e ele ficaram com mais do que tinham antes para se manter. Era verdade que Oscar contraíra uma dívida vultosa com o tio, além do que devia ao banco, mas James preferiria ir à falência a deixar o sobrinho em maus lençóis.

Oscar sentia que tinha sido mais esperto do que a mãe. Porém aquela vitória não o tornava mais propenso a perdoá-la. Não contara a ninguém que ela havia se recusado a ajudá-lo, mas agora mal falava com Mary-Love.

Quando ela ficava à sua espera na varanda da frente e o chamava com um gesto quando saía do automóvel, Oscar se limitava a responder, em seu tom mais frio: "Olá, mamãe. Desculpe, não posso falar com a senhora agora. Tenho que entrar. Elinor precisa de mim!" Quando a mãe telefonava, ele respondia a todas as perguntas com educação, mas nunca se dispunha a mais do que isso, e sempre desligava o mais rápido possível com alguma desculpa descaradamente falsa.

Os dois se sentavam ao mesmo banco na igreja, pois era uma tradição dos Caskeys, mas Oscar deixara de ir aos almoços de domingo de Mary-Love. Depois dos cultos, Elinor, Frances e ele geralmente iam de carro a Pensacola para almoçar no Hotel Palafox.

O repúdio de Oscar era especialmente doloroso para Mary-Love por não ser público; portanto, ela não podia se fazer de mártir a respeito da crueldade do filho. Sabia que ele nunca dizia nada de ruim sobre a mãe. Era sempre educado quando lhe dirigia a palavra, mas nada no mundo o convenceria a ter qualquer tipo de proximidade com ela. Por fim, Mary-Love se sentiu obrigada a falar com Elinor. Certa manhã, bateu à porta da casa ao lado cerca de uma hora antes de Oscar voltar para o almoço.

– Não vou me demorar – garantiu Mary-Love à nora. – Nem vou entrar. Mas, Elinor, importa-se de se sentar um pouco à varanda comigo?

– Nem um pouco – disse Elinor, ao que as duas mulheres se sentaram uma de frente para a outra nas cadeiras de balanço.

Em frente às casas dos Caskeys havia um grande bosque de nogueiras, em que um grupo de novilhas da raça Holstein pastava. Em meio àquelas vacas, não havia dupla que parecesse tão apática e imperturbável quanto Mary-Love e sua nora, sentadas à varanda e se preparando para travar uma batalha.

– Elinor, você precisa falar com Oscar.

– Sobre o quê?

– Sobre como ele está me tratando.

Elinor fitou a sogra, inexpressiva.

– Não entendo.

– Você sabe do que estou falando – prosseguiu Mary-Love, incomodada por sua sinceridade não ser correspondida.

– Ele não tem visitado a senhora como antes – admitiu Elinor. – Isso eu percebi.

– E ele lhe disse por quê, não disse?

– Não – respondeu Elinor. – Não falou uma palavra sequer.

– Ora, e você não perguntou?

– Seja qual for o motivo, isso é entre a senhora e o Oscar. Não achei que fosse da minha conta.

– Elinor, eu vim aqui pedir para me ajudar a fazer as pazes com meu filho. Fico magoada com a maneira como ele me trata. Sinto-me constrangida por Oscar. E acho que *você* deveria falar com ele a respeito.

– O que quer que eu diga?

– Diga que todos reparam na maneira como ele me trata. E que as pessoas vão pensar mal dele. Se Oscar não tomar cuidado, as pessoas vão começar a se voltar contra ele por agir dessa forma comigo. Ele deveria fazer com que as coisas voltassem a ser como antes.

– E por que ele deveria fazer isso? – perguntou Elinor, inocente. – Quer dizer, que motivo devo dar a ele?

– Porque a cidade inteira está falando, como eu disse!

– Está me dizendo que quer que Oscar se reconcilie com a senhora pelo bem *dele*, não do seu? Ou seja, para a senhora é indiferente?

– Não, não é nada disso que quero dizer! – falou Mary-Love. – Eu me *importo*! Estou magoada por Oscar me tratar assim. Costumávamos ser tão felizes! – Ela então suspirou.

– Também não precisa *exagerar*! Mas falarei com Oscar. Vou dizer o que a senhora falou, e que ele está prejudicando a própria reputação na cidade pela maneira como a tem tratado.

– Elinor, qual sua opinião sobre isso?

– Acho que é um assunto entre a senhora e Oscar e que não me diz respeito. Falarei com ele apenas como um favor para a senhora.

Mary-Love detestava que lhe fizessem favores. Ela buscava desesperadamente uma maneira de fazer Elinor ver as coisas de outra forma, libertando-a de qualquer possível obrigação com a nora.

– Sim, mas não gostaria de ver Oscar e eu reconciliados? As coisas seriam muito mais fáceis para você também.

– Sra. Mary-Love, não faz a menor diferença para mim o que se passa entre a senhora e seu filho. Oscar é um homem adulto que pode fazer o que quiser. Acho que, no fim das contas, será isso que ele fará: exatamente o que bem entender.

– Elinor – disse Mary-Love, parando a cadeira de balanço e fitando a nora nos olhos –, jura que não sabe do que se trata isso tudo?

– Não faço a menor ideia.

– Elinor, você pode afirmar isso o quanto quiser, mas não sei bem se acredito.

– Não tenho motivo para mentir, Sra. Mary-Love. Eu falarei com Oscar.

Com essa garantia insatisfatória, Mary-Love se retirou.

Quando Oscar voltou para almoçar, Elinor, conforme prometido, relatou a visita, os pedidos e as exortações da mãe dele.

Oscar olhou para a esposa do outro lado da mesa e disse:

– Elinor, mamãe fez algo comigo que não sei se posso perdoar. Com certeza ainda não a perdoei. E não é por não querer, porque quero, mas não *consigo*. Você pode dizer isso a ela.

– Oscar, eu me recuso a servir de intermediária. Prefiro que diga isso você mesmo.

– Está bem, suponho que terei que fazer isso. Elinor, mamãe disse do que se tratava?

– Não, não disse.

– E não está curiosa?

– Se quiser me contar, conte. Se não quiser, não tenho intenção de perguntar.

– Bem, sendo assim – falou Oscar após uma pausa –, imagino que seja melhor eu contar.

Oscar contou à mulher sobre a recusa de Mary-Love em dar qualquer dinheiro e sobre a briga que os dois tiveram. Elinor não fez nenhum comentário.

– No que está pensando? – perguntou o marido.

– Estou pensando que é incrível que sequer fale com ela. Uma coisa é ela me odiar, outra é prejudicar a si mesma e toda a família.

Oscar concordou, pesaroso.

– Um dia vamos olhar pela janela da sala de jantar e o vento que ela plantou terá virado uma tempestade – falou ele, com tristeza.

– Como assim?

– Um dia, o feitiço da mamãe se voltará contra a feiticeira.

Mary-Love interceptou o filho quando ele saiu

de casa para voltar ao trabalho meia hora depois. Passara todo aquele tempo sentada à varanda, e veio correndo enquanto ele entrava no carro.

– Oscar, Elinor falou com você?

– Sim, senhora.

– E então? Ela disse que estão todos falando pela cidade sobre a maneira como tem me tratado?

Oscar pousou a mão sobre o capô do carro.

– Mamãe, isso é típico da senhora.

– O quê?

– Acho que a senhora preferiria morrer a admitir: "Oscar, *eu* estou magoada com o que está fazendo." Em vez disso, o que diz é: "Oscar, o que acontece comigo é o de menos, mas você está magoando a si mesmo." Qualquer favor tem sempre que partir da senhora. Bem, mamãe, se não se sente magoada, ótimo. Volte para sua casa. Deixe-me em paz.

Durante esse período infeliz para Mary-Love e Oscar, James Caskey e Danjo Strickland se davam maravilhosamente bem. Agora com 7 anos, Danjo se sentia seguro onde estava. O pai morrera e a mãe parecia satisfeita em apenas visitá-lo, se bem que o fazia quase todos os dias. James comprara um carro havia pouco tempo, sem que Danjo fosse envolvido em nenhuma parte da transação. Grace voltava da Vanderbilt para passar os verões e as férias de fim de ano. James e Danjo tinham ido duas vezes de carro a Nashville para visitá-la.

Grace amava o menino, já que James o amava. Sempre que o via, a primeira coisa que perguntava era:

– Está tomando conta do meu papai?

Danjo sempre assentia e respondia, orgulhoso:

– Ele disse que não conseguiria viver sem mim!

– Duvido que conseguisse! – Grace sempre exclamava, abraçando o pai com tanta força que ele quase perdia o fôlego.

Parecia que tudo tinha se resolvido da melhor forma possível. Grace abandonara o pai, mas James nunca se cansava de dizer:

– Eu fiquei tão sozinho depois que Grace foi embora que fui à loja e comprei um menininho para mim. Gastei 1,59 dólar, mas valeu cada centavo.

Grace era feliz na faculdade. Isso sempre ficava claro para James quando Danjo e ele a visitavam em Nashville. O quarto dela estava repleto dos móveis que James comprara. Galhardetes enfeitavam as paredes. Sombrinhas asiáticas abertas pendiam do teto, com lâmpadas elétricas escondidas atrás delas. O quarto ainda contava com duas plantas, vários tapetes pelo chão e um toca-discos em um canto.

James percebia também que Grace era muito popular. Toda vez que chegava no quarto, um bando de meninas se levantava de um salto, apertava sua mão, abraçava Danjo e perguntava: "O que trouxe para Grace *desta vez*, Sr. Caskey?"

Além de um maço de notas de 5 dólares em um envelope, ele geralmente trazia um pacote grande em papel de embrulho e amarrado com barbante, que deixava no corredor do andar de baixo. Grace o abria e passava agradáveis trinta minutos tentando encontrar um lugar para pôr o que quer que James tivesse trazido. James sempre levava Grace para jantar sozinha na noite de sexta-feira, mas, nas noites de sábado, convidava quase todo o dormitório para jantar em um restaurante. Ninguém no mundo tinha sido abençoado com um pai tão doce quanto Grace Caskey. E nunca houve uma filha mais amada do que ela.

– Já conheceu o homem dos seus sonhos? – queria saber James sempre que Grace e ele estavam sozinhos.

– Cruzes! – Grace exclamava. – Por que eu faria uma coisa dessas?

– Para se estabelecer e casar, é claro – retrucava James em tom suave.

– Não quero me casar, papai. Estou me divertindo. Acho que nunca nem deixei que me apresentassem um homem neste campus.

James ria.

– Bem, querida, se não deixar que saibam seu nome, como vão pedir você em casamento?

– Não quero que façam isso! E vou acertá-los na cabeça se tentarem.

Essa não parecia uma ameaça infundada. Na faculdade, Grace descobrira os prazeres da atividade física e contava com um closet cheio de vestidos e tênis brancos, roupas de canoagem brancas, calças de ginástica brancas e suéteres de futebol americano brancos.

O guarda-roupa dela já estava abarrotado de belos trajes esportivos. O passatempo preferido de Grace era a canoagem. No penúltimo ano, foi eleita por unanimidade capitã da equipe feminina. Também fazia atletismo e jogava basquete – esporte no qual a altura dos Caskeys lhe dava vantagem. Naquele contexto de exercício e movimento, Grace adquiriu uma desenvoltura e um vigor que chocavam aqueles em Perdido que se lembravam dela apenas como uma criança frágil, um tanto acanhada e resmungona. Grace se tornara forte o suficiente para literalmente erguer o pai do chão; e agora, sempre que se encontravam, era o que ela fazia.

Enquanto Grace estava na faculdade, os verões foram especialmente agradáveis para James Caskey. A filha voltava no início de junho e somente ia embora no começo de setembro. James sempre dizia à filha para ela sair, se divertir e se esquecer dele, mas Grace respondia:

– Papai, sinto tanto sua falta que às vezes acho que deveria colocar o senhor na mala e levá-lo comigo. Acha mesmo que vou fazer outra coisa no verão além de ficar sentada à cadeira de balanço na varanda?

– Não vai se sentir sozinha?

Grace não se sentia sozinha nesses verões, pois convidava todas as amigas para visitá-la na cidade mais enfadonha da Terra: Perdido, no Alabama. É claro que Grace era motivo suficiente, pois as meninas vinham e passavam dias ou semanas. A casa de James então se enchia daquelas jovens, com suas roupas, vozes animadas e risadas mais animadas ainda. Quando já não havia espaço na casa, as meninas ficavam na de Elinor ou até mesmo na de Queenie. Nunca ficavam na casa de Mary-Love, que desaprovava que qualquer membro da família Caskey tivesse amizades.

As meninas faziam canoagem no rio Perdido, tinham aulas de culinária com Roxie, iam em bando ao Ritz, brincavam de pique com entusiasmo entre os carvalhos-aquáticos e visitavam incansavelmente o lago Pinchona para nadar, dar de comer ao jacaré e importunar o macaco. Faziam passeios espontâneos até Mobile, até as praias de Pensacola ou até Brewton para colher as uvas grandes e amarelas cultivadas ali. Viajavam a Fort Mims para brincar de esconde-esconde entre as ruínas da primeira capital do Alabama; faziam piqueniques nos campos verdejantes ao longo do rio Alabama ou, com ousadia, rafting pelo turbulento Styx. Danjo muitas vezes era pego aos gritinhos e atirado no banco traseiro do Pontiac de Grace.

– Danjo, vamos raptar você! Nunca mais vai ver o Sr. Caskey!

"As garotas de Grace", como logo ficaram conhecidas na cidade, eram um grupo formidável, e os poucos rapazes universitários que Perdido produzia eram incapazes de dar conta delas. Ocasionalmente, a juventude masculina da cidade aproveitava a companhia daquelas moças no salão de dança do lago, mas, fora isso, era ignorada e desprezada.

As meninas enchiam James Caskey e Danjo de atenção, de modo que o menino e seu tio, acostumados ao sossego do inverno de Perdido e a ter somente um ao outro como companhia, ficavam sempre desnorteados pela energia, pela alegria e pela confusão daquilo tudo.

No verão de 1933, Grace se formou em História na Vanderbilt, com cinco condecorações em atletismo. Seu pai nunca perguntou o que ela planejava fazer depois de se formar, mas uma vez disse à filha:

– Grace, se um dia você decidir fazer algo, quero que me avise, está bem?

Com uma de suas melhores amigas, Grace se candidatou a uma vaga em uma escola para meninas em Spartanburg, na Carolina do Sul, e ficou encantada quando as duas receberam ofertas de emprego. A amiga ensinaria literatura de língua inglesa, enquanto Grace ficaria encarregada do ginásio.

"As garotas de Grace" voltaram a Perdido naquele verão, mas desta vez havia um ar de melancolia. Algumas delas já estavam noivas, e era óbvio para todas que aqueles meses felizes de risadas e companheirismo jamais se repetiriam. Elas deram especial atenção a Frances, que parecia mais frágil do que nunca após sua crise de artrite dois anos antes. A atividade e a atenção pareceram melhorar muito o ânimo da menina de 11 anos.

Miriam tentou desdenhar da intimidade de

Frances com as universitárias. No geral, o que ela sentia mesmo era raiva por quase nunca ser convidada a participar de seus passeios frequentes.

Os períodos melancólicos terminam mais depressa que os felizes. Assim, as garotas de Grace se separaram para nunca mais se reencontrarem. Grace ficou mais uma semana sozinha com sua família até James a levar de carro até Spartanburg e ajudá-la a se instalar lá.

No dia 2 de setembro de 1933, Perdido continuava debaixo de um calor de rachar, mas James Caskey já sofria por antecedência o peso do outono, quando sua filha o deixaria de vez.

— Pai, por que não vamos passear de barco hoje à tarde? — perguntou Grace. — Deixe-me levar o senhor para subir o rio Perdido.

— Quem vai cuidar do Danjo?

— Roxie está aqui.

— Não, quem vai tomar conta do Danjo quando eu, você e aquele barquinho verde formos sugados pela confluência abaixo?

Grace soltou uma gargalhada.

— Papai, não percebe que sou forte o suficiente para evitar a confluência? Tanto quanto a Elinor. Além do mais, nós nem vamos naquela direção! Vamos subir o rio.

– Querida, por que não leva Frances? Ela vai sentir tanto sua falta! Assim, você pode conversar um pouco com ela a sós.

Grace achou uma boa ideia. Sem hesitar, ela foi até a outra casa, parou debaixo da varanda com tela e chamou Elinor.

– Mamãe não está – disse Frances, debruçando-se no parapeito e olhando para baixo.

– Para onde ela foi?

– Foi nadar, está muito calor.

– No Perdido? – perguntou Grace.

– Sim.

– Não era com sua mãe que eu queria falar, de todo modo. Vim perguntar se você quer dar um passeio de barco. Acha que sua mãe se importaria se eu levasse você para a água?

– Nem um pouco! Ela está sempre *querendo* que eu vá para o rio!

– Então desça! Vamos ver se conseguimos pegá-la de surpresa na água.

O barco de Grace estava amarrado a uma árvore onde o dique terminava em uma encosta íngreme cerca de 100 metros rio acima. Grace empurrou metade do barco para a água e deixou Frances subir nele para que não tivesse que molhar os pés. Em seguida, terminou de empurrar o barco até o rio e saltou para dentro. A correnteza começou a arrastar o barco imediatamente, fazendo Frances exclamar com aflição:

– Ooopa!

Grace remou com força contra a corrente e, em questão de instantes, as duas seguiram rio acima. O Perdido era alimentado por várias centenas de córregos, muitos dos quais tão insubstanciais e efêmeros que sequer tinham força para abrir canais para si próprios pelo solo da floresta.

Ao longo da parte alta e desabitada do rio, esses cursos de água doce atravessavam rapidamente as camadas de agulhas de pinheiro e folhas de carvalho em decomposição e desaguavam no Perdido, produzindo um ruído gorgolejante grave e furtivo.

Enquanto Grace e Frances seguiam a montante, isso era tudo que se ouvia. Talvez fosse o som de pequenas criaturas com guelras, posicionadas como sentinelas ao longo das margens do rio cada vez mais estreito, anunciando o progresso rio acima da jovem e da menina no barco.

– Não vejo a mamãe – disse Frances. – Talvez ela tenha ido na outra direção.

Enquanto seguiam rio acima, muito longe de qualquer aspecto familiar para Grace ou Frances, o Perdido ficava raso e silencioso. Os cursos de água, como guardas cujo comandante tinha sido alertado da aproximação de estranhos, haviam se calado.

Em dado momento, Grace ergueu o remo bem alto e o fez cair depressa sobre uma mocassim-d'água que passava deslizando por elas – não porque estivessem em perigo, mas porque ela acreditava que coisas venenosas, como homens que pedissem sua mão em casamento, mereciam um golpe na cabeça.

– Nunca subi tanto o rio – comentou Frances, admirada ao ver como a região que elas cruzavam era selvagem. Pareciam estar muito longe de Perdido.

– Olhe – falou Grace, apontando para cima –, são orquídeas silvestres nos galhos daqueles carvalhos. É tão ermo aqui...

– Você alguma vez já subiu até a nascente?

– Não, nunca. Nem ouvi falar de ninguém que tenha ido tão longe. Imagino que alguém já deva ter feito isso, mas nunca me contaram. Frances, o que acha de tentarmos chegar à nascente?

– Mas e se ficar a uns 30 quilômetros de distância?

– Não é tanto. Se fosse, a Estrada 31 cruzaria o rio, e sei que não é o caso. A nascente deve ficar a uns 8 ou 10 quilômetros.

– Mas se este velho rio começar a serpejar...

– Não ligo de remar. A única questão é que em algum momento teremos que descer e seguir a pé.

– Por mim, tudo bem – disse Frances.

Assim, Grace continuou remando com vigor. O rio se estreitou até virar apenas um córrego, e depois um canal. No entanto, nunca perdeu sua cor vermelha lamacenta. Mesmo quando o remo de Grace já trazia à tona cascalho e lama do leito, elas nunca conseguiram ver o fundo. As árvores que pendiam sobre o pequeno curso d'água, protegendo-o do sol, eram quase todas madeiras de lei, sem nenhum pinheiro à vista. A floresta era densa ali, e o solo, esponjoso graças às árvores caídas e folhas em decomposição.

– Frances, sabe de uma coisa? Acho que nunca houve corte nessas terras.

– Sério? E de quem são?

– É o que estou tentando descobrir, e sabe o que acho?

– O quê?

– Que isso era propriedade de Tom DeBordenave, e é parte das terras que ele vendeu para seu pai. Pelo menos é o que me parece.

Enquanto Grace lançava essa observação, ela fez uma curva acentuada para contornar um carvalho caído enorme que, a certa altura, tinha desviado o curso da água. Mais adiante, via-se uma lagoa lamacenta de água avermelhada, a superfície agitada e coberta de ondulações. Ela era cercada por um conjunto de carvalhos-aquáticos altos, cinzentos e maciços, muito mais altos do que aqueles que Elinor havia plantado anos antes nos quintais arenosos dos Caskeys.

Os troncos esguios oscilavam gravemente sob a brisa leve, massas de folhas rígidas trepidando em suas copas a 30 metros de altura. O solo era um emaranhado de galhos caídos em decomposição com fungos verdes e escamosos – que pareciam o parasita próprio daquela espécie.

– É aqui – murmurou Grace. – É aqui que o Perdido começa!

Havia algo de solene naquele lugar. As árvores, altas como sentinelas, pareciam quase agourentas. A lagoa vermelha que era a nascente do Perdido parecia ameaçadora com sua atividade agitada, ondulante. Até os pássaros pareciam ter abandonado aquele lugar. O sol se escondeu atrás dos carvalhos-aquáticos enquanto Grace encaixava o remo na forquilha formada por dois galhos da árvore caída, mantendo o barco parado. Frances teve a impressão de que ela temia entrar na lagoa que era a nascente do rio.

– Grace – chamou Frances após alguns instantes –, não acha que deveríamos voltar? Mamãe não gosta que a gente esteja no rio depois que escurece.

– Vamos chegar muito rápido em casa. Nem vou precisar remar, exceto para desviar dos bancos de areia. Sabe, é um pouco assustador aqui. Eu achava que Perdido era remoto, mas não é nada comparado a *este* lugar...

Grace e Frances continuaram a observar em silêncio. Aquele local parecia destacado da zona rural que conheciam tão bem. Soava absurdo falar que Oscar era dono de um lugar daqueles, ou pensar que a clareira, a lagoa e os carvalhos-aquáticos pudessem sequer aparecer no mapa.

A nascente do Perdido parecia estar fora disso tudo, parte de algo acima dos contratos de exploração de madeira, vendas de terras e levantamentos geológicos. Parecia impossível que uma estrada estadual, a ponte de um condado, o barraco de algum fazendeiro ou algum alambique cheroqui estivessem perto dali, embora Grace e Frances soubessem que tudo isso estava a no máximo 3 quilômetros de distância. Toda a civilização parecia separada daquele lugar estranho em termos de espaço e tempo.

De repente, Grace sentiu um calafrio. A atmosfera se alterou abruptamente. Com o remo, ela se afastou da árvore e pôs o barco de volta na correnteza do rio. Quando fez isso, a comoção na superfície da lagoa pareceu aumentar, como se uma quantidade maior de água, ou água de um tipo diferente, tivesse sido libertada de suas profundezas.

Grace olhou para Frances. Ela viu o terror que se espalhara pelo rosto da prima. O corpo de Frances tremia, febril, e ela agarrou as laterais do barco.

– Rápido! – sussurrou ela. – Rápido, Grace, por favor! Vamos!

Grace remou vigorosamente e, em poucos instantes, elas já haviam contornado a curva acentuada ao redor da árvore caída. Isso acalmou um pouco Frances, que não resistiu e olhou em volta para a lagoa vermelha e lamacenta, a nascente do Perdido. Logo depois, a lagoa desapareceu de vista, oculta por outra curva do rio. Nesse momento, rompendo lentamente a superfície da água, Frances Caskey viu um rosto achatado e verde-claro, com olhos protuberantes e sem nariz. Por mais aterrorizante que fosse, havia algo familiar nele.

– Mamãe – sussurrou ela, mas Grace não ouviu.

## CAPÍTULO 10
### *O andar de cima*

Grace ficou calada durante o trajeto de volta para Perdido. Enquanto eram levadas pela corrente do rio cada vez mais largo, Frances permaneceu sentada de costas para a prima, tensa, na frente do barco.

– Está tudo bem, Frances? – perguntou Grace, ansiosa.

A menina assentiu de leve, mas não se virou.

Depois que amarrou o barco à árvore perto do fim do dique, Grace descobriu que Frances não conseguia andar. Teve que carregá-la por todo o caminho até a casa.

Elinor ainda não tinha voltado, mas Zaddie só precisou olhar uma vez para a criança no colo de Grace para dizer, com ar agourento:

– É a artrite de novo.

Frances foi levada para o andar de cima e colocada na cama. Grace ficou sentada ao lado dela até Elinor voltar, meia hora depois.

Grace estava à beira das lágrimas.

– Elinor, a culpa foi minha!

– Não seja boba – falou Elinor, ríspida. – O Dr. Benquith disse que poderia voltar a qualquer momento.

A criança dormiu um sono leve e febril. Quando acordou mais tarde naquela noite, a paralisia em suas pernas não tinha melhorado.

Grace passou seus últimos dias em Perdido convencida de que o passeio até a nascente havia sido o responsável pelo retorno da doença incapacitante de Frances. Elinor, Oscar, James e Frances, por sua vez, fizeram de tudo para garantir a ela que não era o caso. Grace partiu para Spartanburg e, quando voltou para o Natal, Frances ainda não tinha se levantado da cama. O Dr. Benquith sugeriu que enviassem a criança para o Sagrado Coração, em Pensacola, ou até mesmo para algum dos hospitais grandes em Cincinnati, mas Elinor não quis considerar essas opções.

– Vou cuidar da minha menina até ela melhorar.

Banhos quentes eram a única coisa que aliviava as dores de Frances. Durante duas horas de manhã, duas horas à tarde e uma hora à noite após o jantar, Elinor se sentava ao lado da banheira com uma esponja, espremendo água sobre os membros impotentes de Frances. A criança parecia sempre cansada. Às vezes as pálpebras estremeciam devido a alguma dor que seu cérebro registrava, mas ela nunca reclamava. Elinor desistiu de jogar bridge e já não ia à igreja. Não gostava de deixar a filha para trás. Ela nunca ostentava um ar de mártir, nunca dava a impressão de estar sacrificando algo por Frances. Nos dias bons, a menina era carregada até a varanda com tela e deitada em uma pequena cama dobrável.

Mas os dias bons de Frances eram pouco frequentes. Às vezes, a mente dela sequer parecia existir. A menina ficava deitada na cama, sem reclamar, contorcendo-se com violência quando tomada pela paralisia e imóvel no restante do tempo.

Quando olhava para suas mãos cerradas, Oscar tinha certeza de que Frances estava tensa e amargurada. Elinor dizia que a contração dos dedos da filha em garras involuntárias era resultado apenas da artrite – assim como os pés retorcidos, voltados para dentro. Às vezes, a menina fazia o esforço de responder quando se dirigiam a ela, mas, na maioria dos casos, não. Nada sustentava seu interesse. Nada conseguia trazer emoção ao seu rosto, nem mesmo uma meia de Natal colocada junto à lareira de seu quarto, um bolo com velas acesas em seu aniversário ou os fogos de artifício de Malcolm no Dia da Independência.

Quando era hora do banho, Elinor erguia a filha da cama. Isso era o que Oscar mais odiava testemunhar em relação à doença. Ele via Frances tentar desesperadamente passar os braços em volta do pescoço da mãe, mas todos aqueles músculos pareciam atrofiados, pendendo flácidos, magros e patéticos ao longo das costas de Elinor.

Frances deixou de frequentar o sexto e o sétimo anos. Elinor pegou livros emprestados da escola para a filha não perder as lições, mas ninguém sabia ao certo o quanto Frances conseguia compreender das leituras da mãe. A rotina da casa de Oscar e Elinor foi alterada durante a doença da menina. Elinor se afastou da sociedade de Perdido. Tornou-se uma serva voluntária para oferecer o mínimo de conforto à filha.

Oscar tentou se opor:

– Deixe Zaddie fazer parte do trabalho, Elinor. Você age como se a doença de Frances fosse sua culpa. Não é culpa de ninguém.

Elinor não deu atenção ao marido. Ela se levantava às cinco da madrugada e, nas manhãs de inverno, enchia a lareira de carvão e a acendia para Frances. Mantinha-a acesa o dia todo. Quando não estava banhando Frances, lia para ela ou a alimentava, ou apenas se sentava ao lado da cama, esfregando álcool nos membros da filha, que definhavam.

Antes de cada banho, Elinor pegava dois baldes e atravessava o pinheiral a oeste da casa, contornando o final do dique. Enchia-os com água do rio e os levava de volta para casa. A água era aquecida em uma panela grande no fogão e levada até o andar de cima. Um dos baldes era acrescentado ao banho de Frances; o outro era usado para lavar os membros convulsivos da menina com a ajuda de uma esponja. Oscar e o Dr. Benquith não entendiam esse tratamento inútil, mas era impossível dissuadir Elinor de aplicá-lo. Quando Mary-Love ficou sabendo, declarou que Frances devia estar tão vermelha quanto um tomate àquela altura, depois de receber tanta água do Perdido.

Para Frances, esse foi um período de confusão e fraqueza. O cérebro dela parecia ter sido acometido pela mesma paralisia que seus membros. Ela dormia, acordava, comia e ouvia a mãe ler, em um estado de consciência apenas parcial. Sentava-se na banheira com a mesma letargia e percepção limitada. Parecia estar sempre febril, sempre sonhando. Nunca soube ao certo se havia acordado depois daquele passeio até a nascente do rio com Grace. O único momento em que parecia recobrar uma consciência plena era quando Elinor a levantava para tirá-la do banho. Sentia a água do rio lamacento escorrer pelo seu corpo e pingar de volta na banheira. Era a única coisa na vida de Frances que era nítida, com exceção da dor que atormentava seus membros. Horas se perdiam, dias transcorriam, estações davam lugar a outras estações e ela não sabia se o Dia de Ação de Graças havia passado ou se já era verão. Tudo o que sentia era onírico e vago – exceto pela dor nas pernas e nos braços e pela água do Perdido em seu corpo.

Com o tempo, a saúde de Frances Caskey começou a melhorar. O Dr. Benquith chamou isso de remissão. Mary-Love afirmou terem sido suas orações. Ivey Sapp alegou que havia sido a água vermelha do Perdido.

As mãos de Frances ficaram menos contraídas. Ela voltou a segurar um lápis por tempo suficiente para escrever um bilhete para Grace em Spartanburg, dizendo como estava melhorando. Conseguia levantar um copo sem derramar o conteúdo. Conseguia usar um garfo, embora ainda fosse demorar um pouco para recuperar a força e a agilidade a ponto de usar uma faca ao mesmo tempo. Na varanda, ficava sentada em uma cadeira de rodas. Na primavera de 1923, quase três anos após a doença se instalar, ela foi capaz de dar alguns passos agarrando os móveis e a marcenaria da casa.

Frances perdera três anos de escola, mas, como havia continuado a aprender sob a excelente tutela da mãe, ao voltar foi colocada apenas um ano abaixo do que deveria estar. Fisicamente, por outro lado, havia crescido muito pouco durante a doença. No primeiro domingo em que voltou com Elinor ao banco dos Caskeys na igreja, Mary-Love comentou com mesquinhez:

– Nossa, Frances, você mal cresceu desde a última vez que a vi.

Nos três anos em que a neta esteve doente, Mary-Love não a visitara uma única vez, mesmo que nas noites de verão silenciosas pudesse ouvir Frances gemer de dor na casa ao lado. Mary-Love dizia que essa negligência era apenas por não querer se intrometer. Dizia temer que Frances ficasse perturbada com o excesso de visitas, mas essa desculpa não enganava ninguém. Se Oscar algum dia tivera a intenção de se reconciliar com a mãe, tal sentimento já havia desaparecido. A forma como tratou Frances parecia um exemplo claro de crueldade contra a criança.

Miriam, que crescera, ficando alta e magra, disse à irmã:

– A vovó disse que o que você teve era provavelmente contagioso. Por isso nunca fui visitá-la. Como vai recuperar o tempo perdido, depois de três anos sem ir à escola? Acho que *nunca* vai conseguir recuperar...

Frances notou outras mudanças, além da altura da irmã. Perdido parecia estar em decadência. Quinze casas na Baixada dos Batistas haviam se incendiado durante o ano-novo e ninguém tinha se dado ao trabalho de limpar os destroços. As fachadas de uma série de lojas no centro da cidade estavam bloqueadas por tábuas, com as janelas quebradas. As cortinas esfarrapadas nas janelas abertas do Hotel Osceola balançavam ao sabor do vento. Nas muitas vezes em que Frances se sentava à cozinha com Zaddie, ela ficava impressionada com a quantidade de crianças negras que vinha bater de leve à porta de treliça. Zaddie sempre tinha um prato de pão de milho ou um pedaço de presunto ou bacon para lhes dar. No dia seguinte, a criança devolvia o prato e dizia que a mãe havia agradecido.

Frances perguntou a Elinor sobre isso.

– Ninguém tem nada, querida. Quem me dera pudéssemos fazer mais, mas mesmo nós não temos tanto quanto antes.

Frances balançou a cabeça; ela não sabia nada sobre dinheiro.

– Vamos ficar bem – garantiu Elinor. – Mas, enquanto você estava no andar de cima – Elinor sempre se referia à doença da filha com esse eufemismo –, seu pai passou por dificuldades na madeireira. Ele teve que dispensar algumas pessoas.

– As coisas estão melhores agora?

– Não sei. Teremos que esperar para ver. Henry Turk, pelo que parece, está em maus lençóis. Ele terá que vender tudo.

– Para quem?

Elinor balançou a cabeça.

– Gosto de pensar que para nós. Ele não tem nada além dessas terras. Teve que fechar a fábrica no ano passado. Seria bom se ficássemos com aquelas terras, mas apenas sua avó tem dinheiro para isso e duvido que abra mão dele.

– Por que não?

Elinor riu.

– Por que estou contando tudo isso? Você se importa?

– Sim, senhora.

– Não se importa nada, querida. Não sabe nada sobre isso, e não tem o menor motivo para se importar – disse Elinor, rindo e dando um abraço apertado na filha.

∽

Quando Sister Haskew saiu de Perdido em 1926 e foi morar primeiro em Natchez e depois em Chattanooga, ela insistiu em se apresentar às novas pessoas que conhecia como Elvennia, seu nome de batismo. A essa altura, estava com 35 anos, dois anos mais velha que o marido, e sentiu que já era hora de ser chamada por um nome só seu e que não sugeria, como o apelido "Sister", que sua identidade estava sujeita ao grau de parentesco com o irmão. Nas vezes em que visitava Perdido, no entanto, nada no mundo era capaz de convencer Mary-Love a chamar a filha por outro nome senão Sister.

Essa era apenas uma pequena irritação, no entanto, e não se podia esperar nada diferente de Mary-Love. Sister, na verdade, estava feliz em sua nova vida. Gostava da sensação de estar desenraizada, depois de tantos anos de laços tão fortes com Perdido, com a casa em que nascera e com a mãe. Gostava de fazer novas amizades que nada sabiam sobre seu passado antes do casamento com Early, que não entendiam nada de serralheiras ou de medir madeira em pés quadrados e que não se importavam com a história da sua família.

Ela escrevia à mãe duas vezes por semana, conforme exigira Mary-Love, e em semanas alternadas para James e Elinor. Às vezes, quando Early precisava viajar a trabalho por uma ou duas semanas, Sister fazia as malas e pegava o trem de volta para Perdido. Nessas ocasiões, sempre começava a discutir com a mãe logo que atravessava a porta.

– Olá, Sister! – exclamava Mary-Love. – Você nem imagina como sentimos sua falta!

– Mamãe, todos me chamam de El agora.

– Ah, Sister, depois de todos esses anos você não pode esperar que eu mude a maneira como chamo minha garotinha...

A "garotinha" de Mary-Love agora era uma mulher madura, enquanto a própria Mary-Love era quase uma idosa, embora jamais fosse admitir tal coisa.

– Já está instalada, Sister? – Mary-Love sempre queria saber. – Arranjou uma boa cozinheira?

– Mamãe, não tenho cozinheira. Eu que cuido de toda a comida.

– Sister! Aquele homem está fazendo você trabalhar o dia inteiro?

– Mamãe, Early e eu não temos condições de ter uma cozinheira, então eu mesma preparo as refeições.

– Se você morasse aqui, Ivey e eu cuidaríamos de você. Não precisaria levantar um dedo.

Era geralmente a essa altura que Sister, cansada de voltar às mesmas discussões de sempre, limitava-se a dizer:

– Mamãe, Early e eu nunca vamos voltar para cá, e o motivo é que não queremos viver com a senhora, que nos deixa malucos.

– Não me parece que você e Early sejam muito felizes em Chattanooga.

– Adoramos morar lá!

– Duvido que você e Early possam ser felizes onde quer que seja.

– Como assim?

– Se você e Early tivessem sido felizes todos esses anos longe de mim, teriam tido filhos. Agora, você está velha demais para isso. E deve haver algum motivo para você largar seu marido e vir me visitar de três em três meses, Sister.

– Eu venho ver a senhora, mamãe, porque toda semana tenho que ouvi-la falar ao telefone, durante meia hora: "Sister, por que nunca mais apareceu aqui em casa?"

– Se amasse seu marido como deveria, não o largaria com tanta frequência.

Mary-Love não aprovava a independência exibida pela filha desde que se casara com Early Haskew, e daí a desaprovar o homem responsável por essa independência foi um pulo. Como ele não estava por perto, era fácil atacá-lo; e como Sister era sua esposa, via-se obrigada a ficar sempre na defensiva.

– Ainda não estou convencida de que Early Haskew era o homem certo para você, Sister – disse Mary-Love assim que Sister chegou para visitá-la no final do inverno de 1936.

– E quem seria?

– Ah, outro homem. Alguém com alguma educação. Algum refinamento.

– Early estudou em Auburn. Ele foi à Europa. Eu nem mesmo faculdade fiz. E tampouco fui à Europa.

– Ele ainda come ervilha direto da faca?

– Come! E disse que um dia me ensinaria a fazer igual!

– Ele come desse jeito nos restaurantes?

– Mamãe, não temos dinheiro para sair muito.

Mary-Love balançou a cabeça e suspirou.

– Detesto ver você precisando de dinheiro, querida, quando eu tenho tanto.

– Então me dê algum, assim não vou precisar.

– Não posso fazer isso.

– Por que não, mamãe? Não faria mal mandar um pouco para nós de vez em quando.

– Early consideraria uma intromissão da minha parte. E teria razão.

– Acredito que Early endossaria os cheques na mesma hora. Mamãe, ele não ganha muito dinheiro, mas conseguimos nos virar. Não tenho todos os vestidos que quero, e às vezes não tenho 2 dólares sequer na bolsa.

– Eu não criei minha garotinha para viver assim!

– Então nos mande dinheiro.

– Eu tenho pensado em uma solução – falou Mary-Love.

– Qual?

– Deveríamos sair de férias. Ir para algum lugar. Faz tanto tempo que nós não viajamos...

– Se quiser gastar algum dinheiro conosco dessa forma, também não há problema. Aonde pensou em irmos? E quem somos "nós"?

– Miriam, você e eu.

– E Early, não?

– Imagino que ele estará trabalhando.

– Talvez não – disse Sister, na esperança de irritar a mãe.

– Estava pensando em ir a Chicago no verão.
– Para quê?
– Gostaria de ver como é Chicago antes de morrer.

## CAPÍTULO 11

## *Néctar*

Sister sabia que o marido tinha trabalho durante todo o verão de 1936. Por crueldade, não disse nada à mãe até Mary-Love concordar em pagar pela ida de Early a Chicago. Um dia depois de voltar a Chattanooga, Sister telefonou para a mãe e disse:

— Mamãe, Early não vai poder ir conosco, afinal. Ele foi contratado para um trabalho pela Autoridade do Vale do Tennessee, lá em Sheffield, então estarei livre durante todo o verão. Podemos ir a Chicago quando a senhora preferir.

— Ah, Sister, que alegria!

— Então faça as reservas e compre um monte de passagens de trem. Por que não pergunta se mais alguém quer ir conosco?

— Quem mais gostaríamos que fosse, querida?

— Ah, tio James e Danjo. Como a senhora vai levar Miriam, talvez devesse convidar Frances também.

– Sister, não vou fazer nada disso! Não tenho condições de levar o mundo inteiro. Se Frances for conosco, terei que pagar tudo. Oscar e Elinor não têm dinheiro. Além do mais, Frances pode ficar doente outra vez e nos obrigar a cancelar toda a viagem. Não vejo problemas em Danjo vir, já que ele é um doce de criança e James pagaria as despesas. Pode ser bom ter James também, desde que possamos comprar um vagão de bagagem extra na volta para todas as quinquilharias que ele com certeza vai comprar.

James concordou em ir, mas queria levar não só Danjo como também Queenie e as crianças dela. Mary-Love reclamou, mas acabou por ceder tão a contragosto que James se sentiu culpado por ter insistido. O problema de Mary-Love não era com Queenie, mas com Malcolm e Lucille. Ela se consolava ao prever, ao menos três vezes por dia, que toda a viagem seria arruinada por aquela dupla mal-educada. Frances foi excluída de todos os planos. James se ofereceu para pagar a passagem e as despesas da menina, dizendo a Oscar e Elinor:

– Ora essa, eu já vou ter que cuidar de Danjo, Malcolm e Lucille, mais uma criança não vai fazer diferença! Só vou ter que pôr coleiras de cores diferentes em cada um deles...

Oscar hesitou em aceitar a oferta do tio.

– Se mamãe vai com Miriam, tem que levar a Frances também – disse ele. – Além do mais, tio James, o senhor vai pagar as despesas de um monte de gente nessa viagem. Quando estiver na metade do caminho até Chicago, vai ter gastado uma fortuna.

– Não me importo nem um pouco – falou James.

Essa seria a primeira grande viagem em família desde a chegada da Grande Depressão, e James queria incluir o máximo da família Caskey possível.

Oscar continuava relutante em deixar a filha ir, mas Elinor intercedeu. Ela ressaltou que ser deixada para trás de forma tão óbvia seria mais difícil para a criança do que qualquer insulto ou destrato que certamente receberia de Mary-Love e Miriam durante a viagem. Depois de passar tanto tempo enfurnada na casa, uma mudança de ares faria muito bem à filha deles. Frances tinha 14 anos, e a mãe achava que ela deveria ver um pouco do mundo.

Assim, um grupo de dez viajantes foi definido: Mary-Love, Sister, Miriam, James, Danjo, Frances, Queenie, Malcolm, Lucille e Ivey, que foi trazida para servir de babá conforme necessário. Quartos de hotel foram reservados; passagens de trem compradas na estação de Atmore; bastante dinheiro em espécie obtido do banco de Perdido, que havia reaberto recentemente; guarda-roupas renovados em Mobile e Montgomery; malas novas compradas; seguros contratados; câmeras carregadas de filme; e cartas enviadas aos amigos cujas casas ficavam no caminho.

Todo aquele rebuliço deixou Perdido de queixo caído. O planejamento para aquela viagem era tanto que os Caskeys poderiam muito bem estar saindo em uma expedição para o Polo Sul. Sairiam bem cedo na manhã do dia 1º de julho e chegariam tarde da noite seguinte em Chicago, onde ficariam por dez dias. Depois, voltariam a Perdido por St. Louis e Nova Orleans, passando cinco dias em cada cidade.

No final de junho, as crianças estavam alucinadas de entusiasmo. Por vezes, até a circunspecta Frances e o tímido Danjo precisavam ser contidos. Sister passou várias semanas em Perdido, ajudando a mãe nos preparativos, que teriam sido um grande fardo para Mary-Love caso a filha não estivesse lá para oferecer ajuda e discussões estimulantes a cada passo.

No dia anterior à partida do grupo, Mary-Love anunciou que pretendia visitar a casa grande ao lado para inspecionar as roupas e outras necessidades que Frances levaria nas malas.

– Não pretendo deixar que a filha de Elinor nos faça passar vergonha com seu guarda-roupa ordinário – disse ela para Sister.

– Bem, mamãe – comentou Sister em resposta –, mesmo que Elinor tenha posto um monte de trapos na bagagem da Frances, já não temos tempo de fazer nada a respeito.

Mary-Love foi à casa vizinha assim mesmo, pela primeira vez em cinco anos, desde o apelo ineficaz a Elinor para que esta intercedesse entre ela e o filho.

– Sra. Mary-Love, como vai? – falou Elinor à porta, sem aparentar surpresa.

– Estou quase morta de cansaço, Elinor.

– Por garantir que todos estejam preparados, imagino.

– Exatamente. Na verdade, vim aqui apenas para ver se está tudo arrumado para Frances.

– Estou fazendo as malas dela neste exato momento. Acho que hoje à noite vou precisar dar com um martelo na cabeça dela para fazê-la dormir.

– Todas as crianças estão muito empolgadas – comentou Mary-Love.

– Suba – propôs Elinor –, venha ver o que já pus na bagagem para ela. Talvez se lembre de algo que eu tenha esquecido.

– Ora, será um prazer – falou Mary-Love, embora se perguntasse por que Elinor estava facilitando tanto sua visita de inspeção. Enquanto seguia a nora pela casa, Mary-Love espiou o salão da frente escurecido e comentou: – Parece que você tem feito mudanças por aqui.

– Um pouco – respondeu Elinor. – Sra. Mary-Love, está um calor de rachar lá fora. Não gostaria de tomar um pouco de néctar?

– Ah, Elinor, que ótima ideia! Na semana passada, tomei uma taça de seu néctar na casa de Manda Turk e foi a melhor coisa que já provei na vida. Quem colhe as amoras para você?

– Luvadia e Frances. Suba, vou levar um pouco para nós duas. Também estou com sede. O quarto da Frances fica bem ao lado do quarto-varanda. As malas estão abertas na cama dela.

– Onde está Frances?

– James a levou de carro para o lago Pinchona com Danjo. Ela adora dar comida para aquele jacaré!

– Frances vai cair ali um dia e ser comida viva – falou Mary-Love, calma, enquanto subia as escadas.

Elinor foi à cozinha e disse a Zaddie:

– Suba e veja se a Sra. Mary-Love precisa de ajuda. Ela vai desfazer tudo o que eu já fiz. Vou preparar um pouco de néctar para ela.

A mulher apanhou o picador e começou a partir gelo.

～

– *Quem me dera* que a Frances tivesse coisas mais bonitas – comentou Mary-Love.

Ela revirou a bagagem de Frances, expressando sua desaprovação quanto ao conteúdo das malas, sobre a maneira como Elinor havia arrumado tudo e até sobre as duas maletas em si. Agora, estava sentada na cadeira suspensa do quarto-varanda, bebericando seu néctar de amoras. Elinor se balançava de leve no banco suspenso, diluindo o néctar muito doce com água e gelo.

– Se ao menos você e Oscar me *permitissem* comprar algumas coisinhas para Frances – prosseguiu ela. – Vocês nem me deixam mais ver minha neta.

– Sra. Mary-Love – falou Elinor com calma –, isso não é verdade. Frances a adora, ela gosta de todo mundo. É a senhora que mantém distância da criança.

– Elinor! Como pode dizer uma coisa dessas?

– Eu digo porque é a mais pura verdade. Oscar e eu não passamos muito tempo na casa da senhora, e tampouco a senhora passa muito tempo aqui, mas nunca tentamos dissuadir Frances de vê-la. A senhora é a avó dela, mas nunca quer nem saber da menina. A senhora e Miriam a tratam como se Frances não tivesse o menor valor. Ela ficou três anos estirada naquele quarto, com uma doença terrível, e a senhora não veio visitá-la uma vez sequer. Quando alguém vinha me perguntar, eu ficava constrangida em falar sobre isso. Custa-me crer que possa ter sido tão cruel com a própria neta.

Não havia rancor na voz de Elinor. Ela falava como se dissesse verdades óbvias. A sinceridade das afirmações de Elinor magoou Mary-Love, que não fazia ideia de como confrontar a franqueza inesperada da nora.

– Elinor, estou chocada! Não vamos levar Frances conosco para Chicago amanhã? Ela e Miriam não vão se divertir?

– Talvez – respondeu Elinor. – Isto é, se Miriam falar com Frances, e não estou muito convencida disso.

Mary-Love estava ficando cada vez mais insegura quanto a como responder à nora. Os comentários de Elinor tinham o conteúdo, mas não a forma de um ataque. Mary-Love ganhou tempo, olhando a varanda e dizendo casualmente:

– Fazia tanto tempo que eu não vinha aqui...

– Porque assim o quis, Sra. Mary-Love – retrucou Elinor, voltando ao assunto com astúcia. – Oscar e eu jamais a teríamos mandado embora se a senhora batesse à porta.

– Eu não me sentia bem-vinda – falou Mary-Love, perplexa por sua inocente tática de postergação ter se voltado tão depressa contra ela. – Esta não é mais minha casa, como sabe.

Elinor não respondeu. O sorriso dela era vago.

– Um dia mandei Luvadia Sapp vir aqui com a escritura desta casa. Eu transferi a propriedade para você e Oscar. Aquela garota a entregou para vocês ou perdeu o documento no caminho?

– Ah, ela trouxe, sim. A escritura está guardada lá dentro em algum lugar.

– Eu esperava algum agradecimento.

– Sra. Mary-Love, Oscar e eu compramos esta casa.

– Eu a *dei* para vocês!

– Não, está enganada – falou Elinor em um tom ostensivamente afável. – *Deveria* ter sido nosso presente de casamento, mas tivemos que pagar por ela. Nós demos Miriam em troca. Ela tinha 8 anos quando a senhora nos entregou a escritura. Um atraso desses não merece agradecimento algum.

A voz de Elinor continuava suave e casual, mas agora Mary-Love estava convencida de que aquele ataque fora planejado havia muito tempo. Como passara meses pensando apenas na viagem, ela estava pouco preparada para aquele embate.

– Não sei por que continuo sentada aqui ouvindo isso! – exclamou Mary-Love. – Você é tão cruel! Não me espanta nem um pouco que Frances seja como é! Não me espanta que Miriam não queira brincar com ela!

– Caso a senhora não tenha notado, Frances é uma criança doce feito mel. Ela gosta de todos, e todos gostam dela. Quem me dera poder dizer o mesmo de Miriam. Do jeito que aquela criança se comporta, fico feliz que viva com a senhora, e não comigo.

– Miriam vale mais do que dez Frances!

– A senhora pode até achar isso, mas não há desculpa para a maneira como trata Frances – disse Elinor, mantendo-se irritantemente calma.

Mary-Love, percebendo que corria perigo de ficar agitada, decidiu devolver na mesma moeda.

– Elinor, por que me trata dessa maneira?

Elinor pareceu refletir por alguns instantes, então respondeu:

– Por causa da maneira como sempre tratou Oscar e toda a sua família.

– Eu amo cada um deles! Mais do que tudo! O que mais quero na vida é que minha família me ame.

– Eu sei – falou Elinor. – E não quer que amem mais ninguém. Quer prover tudo para todos. Não queria que Oscar se casasse comigo porque não queria dividir o amor que sente. Foi o mesmo com a pobre da Sister. A senhora tirou Miriam de nós...

– Você abriu mão dela!

– ... e a criou para que a amasse, sem dedicar um só pensamento aos próprios pais. Ainda me lembro de quando Grace era pequena e muito amiga de Zaddie, algo que a senhora também tentou arruinar.

– Não me lembro de nada parecido.

– Mas foi o que fez. Sra. Mary-Love, isso é algo que faz sem sequer pensar. É natural para a senhora. Se lhe coubesse essa decisão, James teria expulsado Queenie e os filhos dela da cidade no dia em que apareceram aqui.

– Queenie não prestava...

– A senhora disse a James que ele estava cometendo um grande erro ao acolher Danjo, mas aquele menino só trouxe felicidade para ele.

– Tenho certeza que um dia aquele menino vai se voltar contr...

Elinor não deu atenção a Mary-Love.

– Quando o banco quis que Oscar quitasse a dívida, a senhora não emprestou o dinheiro que o salvaria da falência. A senhora *quis* que Oscar e eu quebrássemos. Queria nos ver pobres para termos que implorar por sua ajuda.

– Oscar não quebrou. James emprestou o dinheiro para ele – protestou Mary-Love.

– Oscar nunca perdoou a senhora. E duvido que um dia perdoe.

– E você tampouco, não é, Elinor?

– A senhora não gosta de mim porque tomei Oscar de suas mãos. Antipatizou comigo desde o dia em que apareci em Perdido. Não deve fazer tanta diferença assim se eu a perdoo ou deixo de perdoar.

– Tem razão – falou Mary-Love, com uma franqueza repentina, revelando sua raiva e falando sinceramente quase sem perceber. – Nunca esperei nada além de amargura e reprovação de você. E é tudo que sempre recebi. E esta, imagino, é sua forma carinhosa de se despedir quando todos estão prestes a viajar para se divertir.

– Sim – respondeu Elinor, imperturbável. – Embora ainda estejam aqui.

– Você estava só à espera disso, não? Guardou essa hostilidade para o momento certo, não foi? Deixou que ela se acumulasse durante cinco anos, desde que Oscar me pediu um dinheiro de que ele sequer precisava!

– Eu estava esperando... – admitiu Elinor.

– Eu *bem que me perguntei* quando você botaria as asinhas de fora! – explodiu Mary-Love. – Desde que apareceu nesta cidade durante a enchente, vadiando no Osceola enquanto aguardava meu menino aparecer para salvá-la, cortejá-la e se casar com você. Esperando por ele como um lagarto à espera de uma mosca-varejeira! E conseguiu pegá-lo. Eu não consegui impedi-la. Mas *consegui* impedi-la de tomar todo o resto, não foi? Apesar de todo o seu esforço, de todas as suas tramoias, planos e ataques, você não conseguiu absolutamente nada.

– Nada?

– *Nada*. O que você tem? Esta casa, porque a dei para você. Uma gaveta cheia de notas promissórias para James, que é o único homem no mundo que emprestaria dinheiro ao Oscar, que nunca teve nada que eu não tivesse dado e nunca terá. Tem a propriedade de algumas terras espalhadas aqui e ali, mas não passam de charcos sem estradas em nenhuma delas, sendo que, quando eram de Tom DeBordenave, elas nunca lhe renderam um centavo sequer. E tem sua garotinha, mas ela é uma coisinha débil, que em nada se compara à menininha que me deu quinze anos atrás. Tem algumas amigas na cidade, mas apenas as que roubou de mim, ou seja, as que eu não queria mais. E tem um marido que vai insistir em morar ao lado da mãe para sempre. É isso que tem, Elinor, e não é muito. Não pelos meus padrões.

– Está me parecendo que a senhora também mostrou suas cartas.

– Não! Não sou eu quem está brigando. Não sou eu que está sempre fazendo joguinhos. Porque estou no topo. Você tenta me culpar por tirar tudo que era seu por direito, mas ninguém tirou nada de você, Elinor! Você simplesmente não teve a coragem de vir pegar o que queria.

– Eu me contive – retrucou Elinor.

Mary-Love gargalhou com desprezo.

– Gostaria de ver você tentar algo. O que acha que poderia fazer para se vingar de mim por tudo que acha que fiz? Qual golpe mesquinho pretende dar agora?

– Sra. Mary-Love, apesar de tudo o que tentou fazer para tolher Oscar, eu pretendo fazer dele um homem rico. Mais rico do que a senhora jamais sonhou ser. É isso que pretendo fazer.

Mary-Love tornou a gargalhar.

– E como pretende fazer isso? Da última vez que o convenceu a agir, tudo que ele conseguiu foi se endividar, uma dívida da qual nunca se livrou. Vai convencê-lo a comprar mais terras?

– Vou. Henry Turk vai vender as terras dele; elas são tudo o que resta àquele pobre homem. Ele possui cerca de 5 mil acres no condado de Escambia. Veio falar com Oscar a respeito no outro dia.

– E quanto ele quer por elas?

– Vinte dólares por acre.

– Isso são 100 mil dólares! Onde Oscar vai arranjar esse dinheiro?

Elinor sorriu.

– Achei que esta seria uma boa oportunidade para pedir que a senhora o empreste.

Mary-Love ficou de queixo caído, perplexa.

– Elinor, está me pedindo para emprestar 100 mil dólares para Oscar comprar um lote de terras inútil?

– Não é inútil. Está coberto de pinheiros.

– Deus do céu, para que precisamos de mais pinheiros? Ninguém quer comprá-los, Elinor. Não ouviu dizer que estamos em uma Grande Depressão?

– Precisamos ter aquelas terras, Sra. Mary-Love. A senhora vai nos emprestar o dinheiro?

– Não! É claro que não vou emprestar o dinheiro! Você quer me ver na rua da amargura? Bom, eu não vou ser arrastada para lá e não vou emprestar um centavo ao Oscar. O que ele conseguiu fazer com as terras que comprou de Tom DeBordenave? Não tem sido capaz sequer de pagar as parcelas ao banco.

– Então a resposta da senhora é não?

– Claro que é não! Esperava mesmo que eu dissesse sim?

– Não – admitiu Elinor. – Só queria dar mais uma chance.

– Mais uma chance para quê?

Elinor não respondeu a essa última pergunta. Ela bebeu o resto de seu néctar e colocou o copo à mesa do lado do banco suspenso.

– Sra. Mary-Love, pode pensar o que quiser de mim. Tudo o que disse hoje é que sei o que a senhora está tramando. Sempre soube. E, quando tiver um tempo de descanso para pensar nas coisas, lembre-se de que lhe dei uma última chance.

Mary-Love se levantou da cadeira suspensa e alisou o vestido.

– Vou dizer mais uma coisa, Elinor...

– O quê?

– Você faz o pior néctar que já provei na vida. Parece que pegou água direto daquele rio fedorento. Eu só bebi mais de um gole por pura educação.

⌒

Na manhã seguinte, uma caravana de automóveis, pessoas e bagagens seguiu para a estação de trem em Atmore. Florida Benquith levou Queenie, os filhos dela e Ivey; Bray levou Mary-Love, Sister e Miriam; e Oscar levou James, Danjo e Frances. Estavam todos espremidos nos carros e ansiosos para sair. Sister carregava maços de passagens na bolsa. Ela assumira a responsabilidade de cuidar da logística da viagem.

Na estação de trem, os Caskeys e suas bagagens se enfileiraram na plataforma, à espera do *Humming Bird* que os levaria até Montgomery. Ali, eles trocariam de trem e só saltariam depois de chegar a Chicago.

Mary-Love tentou extrair do filho alguma pequena demonstração de afeto.

– Vai sentir nossa falta?

– A senhora está levando metade da cidade junto, mamãe.

– Diga adeus para mim, Oscar!

– Divirta-se, mamãe – falou Oscar, beijando-lhe o rosto de forma mecânica.

Ela não ousara esperar por mais. Virou-se para agradecer a Florida Benquith pela ajuda, quando de repente ficou tonta e agarrou as costas de um banco para não cair.

– Está se sentindo bem, Mary-Love? – perguntou Queenie.

Mary-Love levantou a cabeça com uma expressão de dor e surpresa.

– De repente, acho que fiquei com a pior dor de cabeça da minha vida.

– A senhora está doente? – perguntou Miriam, apreensiva. A menina estava ansiosa por aquela viagem, não queria que nada a impedisse de aproveitá-la.

– Não, é só uma dor de cabeça. Sister, estão todos prontos?

– Sim, senhora…

Antes que Sister pudesse prosseguir, Mary-Love

se afundou no banco e levou uma das mãos ao rosto, que empalidecia rapidamente.

– Não sei o que há de errado comigo – queixou-se, arquejando.

Os adultos se juntaram ao redor dela. Malcolm e Lucille se afastaram e fecharam a cara, preparando-se para alguma grande decepção. Frances e Miriam olharam para a avó com alguma preocupação. Ela parecia muito doente.

Ivey veio à frente e pôs a mão na testa de Mary-Love. Os cabelos ondulados dela já estavam úmidos sobre o couro cabeludo arrepiado.

– Sra. Mary-Love, a senhora está com calor?

– Ivey – sussurrou ela –, parece que estou em chamas!

Ivey se virou para os demais e falou:

– Ela está ardendo em febre. Deveria ir para casa se deitar neste exato minuto. Afastem-se um pouco. – Ela tirou um lenço da bolsa de mão e a entregou para Miriam. – Vá molhar isso.

Miriam foi correndo ao banheiro. O restante do grupo falava em voz baixa, olhando para Mary-Love. Esta mal conseguia manter a cabeça ereta, com Ivey sentada ao lado dela, desabotoando sua blusa e lhe secando o suor da testa.

– Ela está mesmo doente – disse Florida. Como

era mulher de um médico, a opinião dela tinha mais peso.

– Eu sei, mas vai ficar bem? – perguntou James.

– Quando estiver em casa, provavelmente – respondeu Florida. – Leo devia dar uma olhada nela. Nunca vi ninguém ficar tão doente, tão depressa.

Houve um instante de silêncio constrangido, então Sister fez *claque-claque* com os dentes e se pronunciou:

– Muito bem, se ninguém quer dizer, digo eu.

– Dizer o quê? – indagou James com um fiapo de voz.

– O que vamos fazer? Voltar para Perdido e ficar sentados mais cinco anos até podemos sair da cidade novamente?

– Mary-Love não está nada bem! – falou James.

– Florida e eu tomaremos conta da mamãe – disse Oscar. – O restante de vocês deveria pegar aquele trem. Pensem nas crianças. Imaginem a decepção delas se cancelarem tudo agora.

– Eu sei – respondeu James com um suspiro. – Mas não parece certo ir embora desse jeito.

– Ela provavelmente iria *querer* que fossem e se divertissem – sugeriu Florida. – Duvido que quisesse arruinar tudo para todos.

Sister riu.

– Florida, acho que não conhece a mamãe tão bem. Nada faria com que ela melhorasse mais rápido do que se soubesse que cancelamos a viagem por sua causa.

– Sister! – exclamou James.

– Ora, sinto muito, mas é a verdade – falou Sister. – Passamos meses planejando isto, e é a primeira chance que tenho de ir a qualquer lugar ou fazer qualquer coisa desde que me casei. Não pretendo desistir de tudo isso só porque mamãe pegou um resfriado.

– Parece pior do que isso – comentou Queenie. – Mas concordo com Sister, James. As crianças estão loucas para ir; estamos *todos* loucos para ir. As passagens estão pagas, as reservas de hotel foram todas feitas. E o que iríamos dizer em Perdido? Que decidimos voltar quando estávamos a menos de 80 quilômetros da cidade porque Mary-Love teve um pouco de dor de cabeça e febre?

– Acho que vocês têm razão – falou James.

– É claro que elas têm razão – reforçou Oscar com firmeza. – Vamos pôr a mamãe no banco de trás do Packard e ela estará em casa, na cama, antes de chegarem a Greenville. Assim que estiver melhor, nós a mandaremos de mala e cuia para encontrar vocês.

– Está decidido! – Sister se apressou a dizer. Essa parecia a solução que menos prejudicaria os planos originais, e ela queria firmá-la antes que James, em sua compaixão por Mary-Love, pudesse fazer qualquer um deles mudar de ideia. – Alguém deveria falar com as crianças e contar o que decidimos.

Mary-Love continuava sentada, gemendo e suando profusamente, no duro banco de madeira da estação de Atmore. Não conseguia articular uma palavra que fosse. Ao lado dela, Ivey secava sua testa, apertava sua mão e sussurrava:

– Sra. Mary-Love, Sra. Mary-Love, o que andou comendo? Bebeu algo diferente? Andou mexendo em alguma coisa que não lhe fez bem? Tomou água contaminada?

## CAPÍTULO 12

### *A porta do closet se abre*

Elinor estava sentada à varanda da frente quando Bray chegou de carro. Como se já soubesse que Mary-Love estava febril no banco de trás, ela foi até a rua e olhou para dentro do veículo.

– Bray, já arrumei o quarto da frente para ela.

– Sra. Elinor – falou Bray, intrigado –, o Sr. Oscar disse pra senhora que a gente estava vindo?

Com ar preocupado, Elinor não respondeu.

Oscar, que havia estacionado seu carro logo atrás de Bray, ouvira as palavras da esposa.

– Elinor, tem certeza de que quer assumir essa responsabilidade? Estava pensando que talvez devêssemos levá-la ao hospital.

– Ivey chegou a vê-la?

Bray assentiu.

– Ivey disse que a Sra. Mary-Love devia ficar em casa, na cama dela – respondeu ele.

– O que não é o hospital – ressaltou Elinor. – Zaddie e eu podemos cuidar dela.

Bray retirou Mary-Love do carro e a carregou rapidamente até a casa de Elinor. Subiu as escadas, atravessou o corredor e a deitou na cama do quarto da frente.

Elinor entrou em seguida, chamando Zaddie.

– Saiam todos daqui agora – falou Elinor, fechando a porta. – Zaddie e eu vamos trocar as roupas dela e lhe dar um banho de esponja. Ela vai ficar mais fresca e confortável. Oscar, telefone para Leo Benquith e mande-o vir aqui.

Todos obedeceram. Quando o Dr. Benquith chegou ao quarto, encontrou Mary-Love recostada nos travesseiros com um ar muito fraco e doente. Agora, no entanto, parecia ter alguma noção de onde estava. Parecia tão fora de si que sequer protestou por ter sido entregue aos cuidados da nora.

Elinor e Zaddie ficaram à beira da cama enquanto Leo Benquith a examinava.

– É uma febre – falou ele, encolhendo os ombros –, como todos já haviam dito. E, Elinor, você fez exatamente o que devia. Sra. Caskey – levantou a voz o médico para se dirigir a Mary-Love, como se ela sofresse também de surdez –, Elinor vai cuidar da senhora até que melhore.

Mary-Love fechou os olhos, soltando um suspiro profundo.

∽

Naquela noite, durante o jantar, Oscar disse a Elinor:

– Tem certeza de que não deveríamos levar a mamãe ao hospital?

– Você ouviu o que Leo Benquith disse – respondeu Elinor. – Sei o que fazer, e Leo vai vir aqui toda tarde. A Sra. Mary-Love odiaria o hospital, com todas aquelas pessoas estranhas. Além do mais, Oscar, quando começarem a telefonar de Chicago, você poderá falar que ela está bem. Se acharem que está doente, vão fazer as malas e voltar na mesma hora. Sua mãe treinou muito bem toda a família.

– Não acha que as pessoas *deveriam* estar aqui?

– Não. Acho que só a perturbariam. Vou mandar todos os visitantes embora até ela melhorar. Quando a família voltar, sua mãe vai estar de pé, reclamando sobre como todos a deixaram aqui sozinha. Vai encher os ouvidos deles até dizer chega.

∽

Assim, Mary-Love foi cuidada pela nora. Elinor ficava sentada no quarto da frente com ela durante todo o dia. Os visitantes eram barrados à porta no andar de baixo por uma Zaddie insubornável e inflexível. Apenas Leo Benquith podia entrar na casa, e ele vinha uma vez por dia, logo depois do almoço. Examinava Mary-Love na presença de Elinor, descia e sempre aceitava um copo de chá gelado de Zaddie, que ficava à espera para servi-lo.

O médico, então, se sentava à varanda da frente e contava a Oscar sua opinião – que nem sempre era muito encorajadora.

– Oscar, não sei o que há de errado com sua mãe. Ela tem algum tipo de febre, que não quer ceder. Ainda vai precisar ficar deitada naquela cama por um bom tempo.

– Talvez devêssemos levá-la ao Sagrado Coração, em Pensacola... – Oscar se arriscou a sugerir.

– Bem, não recomendo. Eu a deixaria onde está, na cama, com Elinor ao lado dela. Aqui, sua mãe pode comer e beber tudo o que está acostumada. É o que eu faria.

– Leo, mas o que ela *tem*, afinal?

– Como eu disse, é algum tipo de febre. Alguma doença parasitária, como a malária. Juro por Deus,

Oscar, não sei o que é. Sua mãe saiu para pescar ultimamente?

– É difícil imaginar a mamãe pescando. Por que quer saber?

– Porque lembro que, muito tempo atrás, um velho negro, nem me lembro do nome dele, teve a mesma coisa. Quem tratou dele foi o papai. Eu era muito pequeno, mas me lembro porque ia junto com o papai às consultas na época. Aquele velho negro era pescador, costumava pescar no Perdido alguns quilômetros mais à frente daqui, se não me engano.

– Isso foi antes do meu tempo, não me lembro dele. Mas esse homem teve a mesma coisa?

– Acho que sim. Ele disse que caiu no rio, engoliu um pouco de água e quase se afogou. Voltou para casa e foi direto para a cama.

– Pelo amor de Deus, Leo! Se fosse possível pegar alguma coisa do Perdido, não acha que estaríamos todos mortos a essa altura? A Elinor, especialmente? Ela nada naquele rio o tempo todo. Sempre nadou. E nunca esteve doente desde o dia em que nos casamos. O que aconteceu com esse homem, afinal?

– Ah, Oscar, isso foi tanto tempo atrás! Ele já morreu faz 25 anos!

– Mas do que o homem morreu?

Leo fitou Oscar, mas não respondeu.

– Ele morreu da febre que pegou por causa da água do Perdido, não foi? – Oscar balançou a cabeça, pesaroso. – Leo, me desculpe. Você sabe que eu o considero o melhor médico dos três condados. É só que mamãe e eu não temos nos dado muito bem.

– A Florida me disse.

– Se alguma coisa acontecesse com ela agora, acho que eu morreria de desgosto! Ouça, Leo, se eu fosse lá em cima e pedisse desculpas, mamãe conseguiria me ouvir e entender o que digo?

– É possível que sim.

– Acha que teria algum problema eu fazer isso?

– Desde que não insista que ela responda, porque não sei se ela está em condições. Oscar, faça o seguinte: espere um pouco, deixe sua mãe se recuperar da minha visita de hoje, depois suba e pergunte a Elinor se acha uma boa ideia. Ela vai saber.

– Elinor tem sido uma enfermeira tão boa para a mamãe! – exclamou Oscar com orgulho.

– Sem dúvida – concordou Leo. – Acredito que Elinor saiba tanto sobre a doença de Mary-Love quanto eu.

Dessa forma, uma hora depois, após beber mais dois copos de chá gelado, dar duas voltas ao redor da casa, cutucar com um pau o kudzu na base do dique para ver se havia cobras por ali e por fim chamar Zaddie para que o deixasse entrar pelos fundos, Oscar subiu ao andar de cima e bateu à porta do quarto da frente.

Elinor abriu a porta com cuidado e saiu para o corredor.

– Como está mamãe?

– Igual a antes.

– Elinor, posso falar com ela?

– Sobre o quê?

– Sobre... algumas coisas – respondeu ele, com um ar vago e constrangido.

– Vai gritar com ela?

– Não, claro que não! Vou pedir perdão.

– Perdão pelo quê?

– Por ter passado os últimos cinco anos sem visitá-la.

– Oscar, isso foi culpa da Mary-Love. Não foi culpa sua.

– Eu sei, mas, de todo modo, não deveria ter agido assim. Mamãe sempre foi desse jeito, e eu sabia. Talvez ela se sinta melhor se eu pedir desculpas. O que acha?

Elinor fez uma pausa e refletiu. Por fim, deu um passo para o lado e disse:

– Está bem, Oscar. Entre. Mas fale baixo. E não fique pedindo que ela responda sim ou não, que balance a cabeça nem que lhe dê um beijo.

– Não farei isso. Mas ela vai me ouvir? Vai entender o que digo?

– Isso eu não sei, Oscar. Vou falar alguns minutos com a Zaddie e depois subirei de volta para enxotar você daqui. Então ande logo.

Elinor seguiu a passos leves pelo corredor em direção à escada enquanto Oscar entrava, com hesitação, no quarto da frente.

❧

O aposento estava escuro e abafado, embora lá fora o sol brilhasse intensamente e uma brisa constante soprasse do golfo, afastando o calor da tarde. As cortinas de renda estavam fechadas e as venezianas baixadas, bem como as cortinas forradas. Um fio de luz tênue ao longo do rodapé sob as janelas era a única indicação de que não era noite. O quarto estava tomado pelo odor inconfundível da doença, como se tivesse infectado as roupas de cama, os móveis e até as paredes e o chão.

Um ventilador oscilava em cima de uma mesa cheia de medicamentos. A dificuldade em girar era resultado de uma falha mecânica, mas parecia a Oscar que o problema se devesse mais à densidade do ar com que ele precisava lidar. Um tapete extra havia sido estendido no chão e almofadas colocadas em todas as cadeiras, enquanto panos cobriam cada superfície para impedir qualquer barulho intrusivo.

Uma solitária lâmpada de baixa voltagem exibia um brilho fraco, por trás de um pano de seda vermelho. Olhando em volta, Oscar entendeu muito bem por que a filha sentira medo de dormir naquele quarto. As paredes eram verde-escuras, mas não pareciam mais claras do que o candelabro preto de ferro fundido suspenso no meio do teto. Oscar quase nunca entrara naquele cômodo. Com a porta fechada e todos os sons externos abafados, sequer parecia fazer parte da casa.

Da mesma forma, a mãe dele, deitada na cama, já não parecia fazer parte de sua vida. Aquela não era a mulher que habitava a memória e os pensamentos de Oscar. Mary-Love estava deitada, imóvel, respirando com dificuldade, recostada nos travesseiros com uma camisola de linho grossa. Os lençóis, a manta e a colcha tinham sido arrumados de forma impecável; cobriam Mary-Love quase até o pescoço. As mãos dela, brancas e frágeis, pousadas sobre o lençol dobrado do avesso.

Os olhos de Mary-Love estavam abertos, mas não focavam o filho. Ele se moveu alguns centímetros para a esquerda, mas os olhos dela não o seguiram. Oscar se colocou na linha de visão da mãe.

– Mamãe?

Oscar ficou ouvindo, na dúvida se não teria detectado uma pequena alteração momentânea na respiração de Mary-Love. Era difícil saber, por conta do barulho inconveniente do ventilador.

– Mamãe, vim fazer uma breve visita à senhora.

Ele foi até a mesa e desligou o ventilador. Só então notou a rouquidão preocupante da respiração da mãe.

Voltou para o lado da cama.

– Vou ligá-lo de volta daqui a pouco – assegurou ele. – Só quero garantir que a senhora consiga ouvir o que tenho a dizer.

Oscar fez uma pausa, esperando algum sinal de que ela tivesse ouvido ou que concordava que ele continuasse. Não recebeu sinal algum, mas sentiu que devia prosseguir.

– Mamãe, sinto muito que esteja doente. A única coisa boa nisso é que está deixando a Elinor e eu tomarmos conta da senhora. Sabe o que isso prova, não sabe? Prova que mais ninguém está zangado. Elinor não faria tudo o que está fazendo se ainda estivesse com raiva da senhora. Não passaria o dia aqui dentro, todos os dias. Não dormiria aqui à noite. Mamãe, quero que saiba que também não estou mais com raiva. Nem penso mais nas coisas que tinham me irritado. Só quero que a senhora melhore. Quando todos voltarem de Chicago, quero que esteja em sua casa, arrumando confusão. Quero que fique furiosa por todos terem ido embora e deixado a senhora aqui sozinha. Mas fico feliz que tenham feito isso, sabe? Assim, Elinor e eu tivemos a chance de mostrar o quanto a amamos. Era isso que eu queria garantir que ouvisse de mim. Só porque não sou seu enfermeiro, não pense que não me importo. É que eu não saberia o que fazer aqui. Nem consigo olhar para a senhora e saber ao certo se está me ouvindo. Não saberia diferenciar um remédio do outro, e é por isso que Elinor está fazendo tudo isso. Nunca imaginei que ela pudesse ser tão boa, mamãe. Agora, não é uma pena que vocês duas não tenham se entendido por todos esses anos? Sabe, Elinor e eu já estamos casados há 16 anos. Não é incrível? Ainda me lembro da primeira vez que...

Neste momento, Elinor abriu a porta do quarto e disse:

– Oscar, já chega por enquanto. Está na hora de sua mãe tomar o remédio. Ligue o ventilador de novo.

Ele acatou.

– Acha que mamãe me ouviu? – perguntou ele. – Eu queria ter certeza de que ela escutou algumas coisas.

Elinor voltou o olhar para a mulher acamada.

– Estou certa de que ela ouviu cada palavra.

De uma bandeja ao lado do ventilador, Elinor pegou um frasco de líquido avermelhado, desenroscou a tampa e serviu uma dose em uma colher de prata antiga.

– Tem certeza? – insistiu ele, ansioso.

– Tenho. Oscar, está na hora de voltar para a fábrica. Pode falar com Mary-Love mais tarde.

Ela deu a volta na cama com o medicamento.

– Esse é o remédio que o Leo prescreveu?

Com uma das mãos, ela pressionou as bochechas de Mary-Love de modo que a boca da mulher se abrisse de forma involuntária. Oscar observou Elinor despejar o líquido lá dentro, empurrando o queixo de Mary-Love para cima para que sua boca se fechasse, os dentes se chocando ruidosamente.

– Não – respondeu Elinor, empertigando-se. – Esse é o meu.

Oscar parou diante da porta e a abriu devagar.

– Elinor, eu voltarei às cinco. – Ele tornou a olhar para a mãe na cama. Agora, Mary-Love parecia fitá-lo de volta. Naqueles olhos, Oscar achou ter visto medo. – Mamãe, Elinor vai cuidar muito bem da senhora.

Ele saiu e fechou a porta rapidamente. Não viu a mãe lutar para formar três sílabas com os lábios:

– Per-di-do – sussurrou Mary-Love.

Elinor olhou para a sogra e ligou o ventilador na velocidade alta.

Já não era possível ouvir a respiração rouca de Mary-Love.

Elinor se sentou na cadeira de balanço ao pé da cama e abriu uma revista no colo.

Os dedos de Mary-Love torceram debilmente a bainha do lençol. Ela formou as seguintes palavras com a boca: "Estou me afogando."

～

Fraqueza, insignificância, imobilidade, dependência. De repente, Mary-Love Caskey estava cercada de coisas que nunca conhecera. Ela se lembrava de ter caído doente na estação de Atmore, assim como se lembrava de ter aberto os olhos pela primeira vez no quarto da frente. Sabia onde estava por conta das flores pintadas à mão na tábua do pé da cama – ela mesma escolhera aquele conjunto em Mobile. Foi o primeiro jogo de móveis que havia comprado para a casa do filho.

Seus membros estavam ao mesmo tempo dormentes e muito frios. Sua cabeça queimava. Parecia estar sempre despertando, embora nunca precisasse abrir os olhos. Nunca se lembrava de ter adormecido. Queria poder sonhar. Como estava, sua mente não conseguia se concentrar em nada além dos membros frios, da testa febril e do perfil de Elinor Caskey, que se balançava na cadeira ao pé da cama.

Zaddie vinha às vezes, e a voz da jovem parecia distante quando ela falava com Elinor. Em seu sono, era como se Mary-Love ouvisse a voz da menina vindo da casa vizinha.

A voz de Elinor, em contrapartida, sempre parecia próxima e clara, como se as palavras fossem sussurradas ao pé do ouvido de Mary-Love no escuro.

Ela jamais sentia fome, embora nunca se lembrasse de ter comido nada. A única coisa de que se recordava era dos dedos de Elinor lhe pressionando as bochechas para poder derramar o líquido vermelho do frasco de remédio sem rótulo entre seus lábios abertos. Horas depois, ela ainda sentia as partículas granulosas que o líquido deixava contra as gengivas e os dentes.

Ela se perguntava por que Leo havia prescrito aquele remédio. Depois de tomá-lo, sempre se sentia pior e mais fraca.

Com o passar dos dias, ou do que Mary-Love supunha serem dias, embora os diferenciasse apenas pela mudança nas roupas de Zaddie quando ela entrava no quarto carregando as bandejas com as refeições de Elinor, a matriarca dos Caskeys perdia cada vez mais a sensação do próprio corpo. Já não sentia os membros frios, mas os lençóis, a manta e o cobertor ainda pesavam sobre ela.

As mãos estavam livres, mas o ar do quarto parecia pesado, como se a pressionasse para baixo até ela não conseguir se mover. Sentia o suor que se acumulava em sua testa, às vezes pingando em seus olhos e os fazendo arder. Recebia de bom grado aquela ardência, pois era a única sensação que lhe restava.

Fora isso, a impressão que predominava era a de estar se enchendo de líquido, como se o corpo dela fosse apenas uma pele que se esticava à medida que Elinor despejava ali, dia após dia, aquele líquido vermelho venenoso.

Não era doce, mas lhe remetia ao néctar de amoras que Elinor preparara um dia antes de ela ficar doente. A barriga e as pernas dela estavam tão pesadas que pareciam se afundar na cama. Tinha certeza de que jamais conseguiria movê-las de novo. Uma colher de sopa daquele remédio parecia encher seu corpo de galões de líquido! Ela ficava cada vez mais pesada. O líquido enchia seus pulmões, deixando pouco espaço para o ar.

Em sua mente, surgia uma imagem involuntária de seu corpo flutuando rio Perdido afora, boiando logo abaixo da superfície, com apenas a boca, os olhos e o nariz despontando das águas. Todo o resto estava submerso no rio. Se resistisse, certamente se afogaria naquele quarto seco e abafado na parte da frente da casa de Oscar. Mesmo que as cortinas e as venezianas fossem abertas, e os toldos levantados, Mary-Love veria apenas o dique, não o Perdido atrás dela; o mesmo Perdido cujas águas sua nora a fazia tomar às colheradas.

Mary-Love tinha certeza de que aquele frasco sem rótulo continha água do rio Perdido. Àquela altura, reconhecia o gosto. Conhecia a textura dos grânulos de barro vermelho que permaneciam em sua língua depois que engolia o líquido. Sentia o cheiro do rio sempre que a tampa da garrafa era desenroscada. Mesmo assim, não conseguia deixar de abrir os lábios quando Elinor apertava suas bochechas, ou de engolir quando Elinor fechava sua boca com força.

Elinor era incansável. Nunca saía do seu lado.

Mary-Love rezava para ficar sozinha; rezava para morrer em paz. Rezava para poder dormir sem sonhos. Para sempre. Rezava por outra morte que não fosse aquela que sua nora lhe preparava. Quando percebeu que nenhuma dessas preces seria atendida, pediu a Deus apenas que seu fim não se prolongasse.

Elinor ficava sentada ao pé da cama de Mary-Love, balançando-se. Ela folheava em silêncio pilhas de revistas e ia à porta pegar as bandejas que Zaddie trazia. Quando Leo Benquith vinha, continuava ali para dar seu relato ao médico; quando ele ia embora, despejava correntes inteiras de água do rio Perdido pela goela da sogra.

∽

Somente uma vez Mary-Love despertou e notou que a nora não estava no quarto. Como de costume, os olhos dela já estavam abertos. Não tivera a sensação de despertar, apenas de que havia dormido. Não tinha forças para mover os olhos nas órbitas. Conseguia apenas mirar adiante. Elinor não estava na cadeira. Mas, de alguma forma sutil que não conseguia determinar com precisão, Mary-Love sabia que Elinor não estava no quarto e que era noite.

Ela inspirou mais uma vez, fungando tão fraco que, mesmo que alguém se debruçasse sobre ela, não teria notado. Queria sentir até que ponto os pulmões estavam cheios de água.

O coração de Mary-Love se contraiu. Restavam-lhe apenas 2 centímetros de espaço em seus pulmões. Apenas 2 centímetros de fôlego para sustentá-la. Estava pesada, cheia da água do Perdido, e essa água estava subindo.

*Pulmões não funcionam dessa forma*, uma voz que pertencia à antiga Mary-Love lhe disse, severa. *Corpos não se enchem de água como cantis de pele cauterizada. Mulheres não se afogam em suas camas.*

Mary-Love não queria entrar em pânico. Se o fizesse, ficaria ofegante. Se ficasse ofegante, ela se debateria até a morte. Não tinha outra esperança, exceto a de se agarrar à vida. Queria adiar aquele fim pelo qual havia rezado tão recentemente.

Continuou a se forçar a manter a respiração curta, quase imperceptível.

O quarto da frente escureceu, como se tivesse fechado os olhos, mas Mary-Love sabia que estavam abertos. Não saberia dizer por quanto tempo aquilo durou. Sentia, no entanto, nunca ter perdido a consciência.

A luz surgiu de repente, mas não era a luz da manhã. Tampouco vinha de uma lâmpada ou da porta aberta para o corredor. Era apenas um brilho branco-azulado, que contornava a porta do closet à direita da lareira.

Mary-Love se esforçou para focar sua visão ali. Não conseguia fazer mais do que isso.

A porta do closet se abria devagar.

Havia um menininho lá dentro. Ele olhava em volta, confuso. Como Mary-Love, também não parecia ter despertado. Em vez disso, encontrava-se em um estado de consciência em que jamais estivera. Ele ergueu a mão diante do rosto e olhou para ela. Espiou com cautela o quarto escurecido. Embora Mary-Love tivesse a impressão de que o conhecia, não tinha como pensar com clareza suficiente para identificá-lo. Era uma das crianças dela? Era o menino de Queenie?

A criança saiu do closet. A luz branco-azulada

se apagou atrás dela. O quarto estava escuro novamente.

Embora o ventilador estivesse desligado, Mary-Love ouvia apenas a própria respiração curta. Agora que já não conseguia vê-lo, o nome do menino lhe veio à cabeça de repente. *John Robert DeBordenave.*

Ela se lembrou de mais do que apenas o nome dele.

John Robert tinha desaparecido 12 anos antes. Afogara-se no Perdido durante a última etapa da construção do dique, mas agora, ao aparecer por um instante sob a luz da porta aberta do closet, não estava mais velho do que no último dia em que Mary-Love o vira.

*Elinor manteve aquele menino trancado aqui em cima?*

Foi então que ouviu um passo, embora soasse imensamente suave contra o tapete.

Apoiada nos travesseiros, com as mãos entrelaçadas sobre as cobertas bem-arrumadas, era como se Mary-Love estivesse pronta para uma visita de cinco governadores e um membro do Gabinete Nacional. Não enxergava nada naquela escuridão.

Por fim, sentiu um puxão no lençol, cuja bainha estava dobrada debaixo de suas mãos. Incapaz de resistir, as mãos dela se separaram.

Mary-Love ficou calada, mas o ranger das molas e o afundar do colchão revelaram a ela que John Robert DeBordenave estava se aninhando ao seu lado na cama.

## CAPÍTULO 13
# *A grinalda*

Os Caskeys se divertiram imensamente em Chicago, St. Louis e Nova Orleans. Os adultos ficaram tão encantados e contentes quanto as crianças. Apenas Miriam parecia mal-humorada. Sentia muita falta da avó, ou melhor, sentia falta de como a avó sempre defendia a superioridade dela em relação às outras crianças. Sem Mary-Love, Miriam era apenas mais uma garotinha, sem privilégios além daqueles concedidos a Frances e aos filhos de Queenie.

Todos os dias, James telefonava a Oscar para saber como estava Mary-Love. Todos os dias, Oscar dizia que ela estava melhorando, embora ainda não conseguisse escrever e não quisesse sair da cama e ir ao telefone. Não mencionou que havia uma pilha de cartões-postais de Chicago, St. Louis e Nova Orleans na mesa do corredor no andar de baixo, nunca vistos ou lidos. Não falou que, desde que James fora embora, Mary-Love não havia falado uma só palavra inteligível ou demonstrado o menor interesse ou curiosidade sobre o que quer que fosse; ou que o quarto da frente, que primeiro cheirava a doença, agora começara a ter um cheiro de algo mais pungente.

James talvez tivesse detectado parte disso no tom de voz e nas evasivas de Oscar. No entanto, ninguém mais no grupo suspeitou de nada, exceto que Mary-Love estaria furiosa com todos quando chegassem em casa. Na última parte da viagem, o trajeto de cinco horas de Nova Orleans até Atmore, todos ficaram sossegados em seus respectivos compartimentos. A conversa quase sempre girava em torno de como encarariam Mary-Love ao voltar. O consenso era que ela jamais os perdoaria por a terem deixado em casa e ido se divertir.

– Por Deus – falou James com um suspiro –, eu sei que Mary-Love ficou muito doente. Deve ser por isso que não ouvimos uma só palavra dela. Está se poupando.

– Ela vai dizer: "Eu fiquei boa em dois dias, mas vocês não quiseram esperar. Simplesmente foram sem mim" – sugeriu Sister.

– Ela vai dizer: "Eu paguei por essa viagem e

quero que todos saibam que isso não me rendeu um só momento de prazer. Não voltem a me pedir 'Mary-Love, podemos ir para algum lugar?', pois nunca mais vou pagar para ninguém ir a lugar nenhum!" – acrescentou Queenie.

Todos riram da previsibilidade da reação dela, ao mesmo tempo que temiam sua insatisfação.

Alguns quilômetros antes do fim da jornada, o grupo cansado começou a se reunir no corredor estreito do trem. Teriam muito pouco tempo para desembarcar, e estavam carregados de tudo o que tinham levado, além das coisas que haviam comprado na viagem.

Todos os Caskeys fizeram uma longa fila, com Ivey na frente e James e Sister por último. Queenie e as crianças estavam no meio. Todos olhavam pela janela, à espera do primeiro vislumbre empolgante de um ponto de referência ou pessoa familiar.

Quando o trem começou a desacelerar, as crianças ficaram irrequietas até Danjo apontar e exclamar:

– Estou vendo o Bray!

– Ali está a Sra. Benquith! – exclamou Lucille.

– Papai! – sussurrou Frances.

No fim da fila, Sister espiou pela porta aberta do compartimento e olhou pela janela do outro lado do vagão. No estacionamento da estação, viu o automóvel de Oscar, o carro de Florida e o Packard. Presa à grade frontal do Packard, uma grinalda preta.

Quando o trem parou na estação, um som estridente fez as crianças taparem os ouvidos.

Mas não foi um apito que soou atrás deles, e sim o grito lancinante de angústia de Sister. Aquele som os empurrou para fora do corredor, fazendo-os descer os degraus de metal em direção ao sol escaldante do Alabama.

Eles se postaram estupefatos na plataforma diante da estação, com Sister ainda aos berros atrás. Então, Bray e Oscar deram um passo à frente com braçadeiras de luto em torno do braço.

⁓

Uma grinalda preta havia sido pendurada à porta de cada uma das casas dos Caskeys e sobre o portão da madeireira da família. Mary-Love jazia em um grande caixão branco de vime, que mais parecia um cesto de bebê gigante forrado com um enchimento de cetim roxo-escuro.

Depois que Elinor descobriu o corpo na manhã seguinte, Mary-Love foi levada pelo agente funerário e trazida poucas horas depois, trajando o vestido que havia usado na Páscoa anterior.

Os móveis tinham sido mudados de lugar no salão de entrada de Elinor e o caixão, colocado debaixo das janelas de vitral. Sob a luz colorida, explicou o agente funerário, as alterações inevitáveis na cor da pele ficariam menos evidentes. O caixão estava rodeado de montes de lírios e gardênias perfumadas em tubos cobertos de folhas de ouro. As flores mascaravam o cheiro de decomposição, que se instalava rapidamente nos mortos no mês de julho no Alabama.

Quando Bray, Oscar e Florida saíram para a estação de Atmore para buscar os Caskeys, que nada sabiam, Elinor mandou embora discretamente os habitantes de Perdido que tinham vindo prestar homenagens. Para desencorajar que mais pessoas viessem, a guirlanda foi retirada temporariamente da porta.

Elinor se sentou no salão, folheando revistas em silêncio, como fizera enquanto Mary-Love havia estado moribunda na cama do quarto logo acima daquele cômodo. Zaddie e Roxie estavam na cozinha, preparando a comida. Uma quantidade enorme de pratos tinha sido trazida pelos moradores da cidade, pois, como todos sabem, nada abre mais o apetite do que o luto.

Por fim, Elinor ouviu os três automóveis se aproximarem. Ela saiu para a varanda e ficou parada ali, em silêncio.

Frances saltou do primeiro carro, chorando com amargura, e correu para a mãe.

Todos os outros saíram mais devagar. Retiraram com dificuldade as malas e os pacotes, falando em voz baixa, recusando-se a olhar para a casa. Ninguém parecia saber o que fazer primeiro.

– Deixem as coisas aí – falou Elinor em uma voz baixa que todos ouviram. – E entrem.

A família marchou em silêncio até a varanda. Tendo feito sua parte, Florida Benquith pegou seu carro e foi embora da forma mais discreta possível.

– Onde a pôs, Elinor? – perguntou James.

– No salão de entrada.

Zaddie estava bem diante da porta de tela. Ela a abriu e se afastou, cumprimentando com a cabeça todos que entravam.

– Como vai, Sra. Queenie? – falou em voz baixa.

– Olá, Danjo, se divertiu bastante na Chicagolândia?

Por fim, apenas Elinor e Miriam ficaram na varanda. A menina de 16 anos ergueu os olhos para a mãe e disse:

– Por que a vovó está aqui?

– Porque não podíamos deixá-la na casa ao lado. Não havia ninguém para velar seu corpo.

Ninguém para receber os visitantes. E porque ela morreu nesta casa.

– Ela odiava este lugar – comentou Miriam, entrando para inspecionar os restos mortais da avó.

"Ela nunca esteve tão bonita" foi o comentário geral, mas o que pensavam de verdade era que Mary-Love nunca parecera pior. O rosto dela estava péssimo, a pele esticada sobre os ossos em alguns pontos e flácida em outros. As mãos entrelaçadas pareciam contorcidas de agonia. Parecia longe de descansar em paz, longe de uma aparência natural.

– Ela consegue nos ouvir? – sussurrou Danjo.

James balançou a cabeça.

Miriam parou à beira do caixão e espiou para dentro dele por cerca de meio minuto. Os olhos dela estavam secos.

– Onde estão os anéis dela? – perguntou.

∽

Naquela noite, Sister velou o corpo, acompanhada na primeira parte da noite por James e, mais tarde, por Oscar. Naquele quarto, sob aquelas circunstâncias, os Caskeys pareciam todos ter envelhecido.

Fazia muito tempo que um membro importante

da família não morria. James e Mary-Love tinham a mesma idade, e os 66 anos de James agora faziam com que ele parecesse um velho – tanto para a família quanto para si mesmo. Oscar tinha 41 e, na presença do cadáver da mãe, aparentava cada um desses anos. Sister era três anos mais velha, e a diferença agora parecia ainda maior.

Na calada da noite, irmão e irmã ficaram sentados no sofá em frente ao caixão, conversando sobre tudo o que se podia imaginar, menos sobre a mãe. Por fim, quando a aurora chegou e a primeira luz do dia atravessou os painéis do vitral colorido e incidiu sobre o caixão, Sister disse:

– Ela não era velha. Sessenta e seis não é velha.

– Ela estava muito doente. Sister, você não a viu no quarto lá de cima.

– O que ela *teve*?

– Não sabemos. Depois que Bray a trouxe de volta de Atmore, ela não falou uma só palavra para ninguém. E não foi deixada sozinha nem um instante.

– Foi deixada, sim – ressaltou Sister. – Não havia ninguém ao seu lado quando ela morreu.

– Elinor desceu por dois segundos e, quando voltou, a mamãe tinha partido.

– Desde que ela não tenha sofrido...

– Sister, queria poder dizer com certeza que não, mas não sei. Talvez eu não esteja habituado a ficar perto de pessoas moribundas, mas nunca vi coisa parecida.

– Com o quê?

– Com o que aconteceu lá em cima, naquele quarto.

– O que quer dizer com isso? O que aconteceu?

– Nada aconteceu. Não é isso que quero dizer. Ela ficou naquele quarto durante todo o tempo que estiveram fora. Sem se mover, sem falar, sem fechar os olhos. Elinor ou Zaddie estavam com ela a todo momento. Elinor dormia em uma cama dobrável ao pé do leito da mamãe. Não sei dizer se ela sofreu ou não. Tudo o que sei é que Elinor cuidou dela como se fosse a própria mãe. Se ela tivesse sobrevivido, imagino que as duas voltariam a se relacionar como antes, mas, enquanto esteve doente, Elinor se manteve sempre ao lado dela. Mamãe teria gostado de ver isso, se soubesse...

– Quanto a isso, não tenho tanta certeza...

À medida que o sol nascia no bosque de nogueiras em frente à casa, as janelas de vitral foram de repente inundadas por uma luz forte. O caixão de vime ficou proeminente, os dedos sem anéis de Mary-Love tingidos de um azul vibrante.

Visitantes começaram a chegar às sete e meia da manhã para um último olhar respeitoso ao corpo. O desjejum foi servido em rodadas intermináveis na sala de jantar por Zaddie, Ivey e Roxie, bem como uma quantidade inesgotável de café.

O funeral, no qual apenas a família esteve presente, foi realizado no salão. Early Haskew tinha sido avisado pela manhã da morte de Mary-Love, e chegara apenas uma hora antes. Não foi possível contatar Grace, pois ela estava em uma expedição no Parque Nacional das Great Smoky Mountains com a amiga que ensinava literatura de língua inglesa.

O funeral no salão foi privado, mas o enterro em si foi aberto ao público, e a cidade compareceu em peso no cemitério. A madeireira ficou fechada naquele dia, de modo que todos os trabalhadores vagavam por ali a certa distância, andando em volta das outras lápides, lendo epitáfios em voz alta, chutando pedras e batendo com a aba dos chapéus nas coxas. O caixão de Mary-Love foi baixado na terra ao lado do de Genevieve.

James, Sister e Queenie choraram.

∽

Terminada a cerimônia no cemitério, todos os cidadãos de Perdido pareceram se dispersar pelo resto da tarde. Os Caskeys se recolheram para suas respectivas casas para viver o luto com mais privacidade.

Elinor e Oscar se viram com uma casa cheia de comida. Zaddie e Bray fizeram diversas viagens naquela tarde silenciosa, entregando caçarolas, presuntos, porções de ervilhas, entre outras coisas, aos demais Caskeys, que sem dúvida ainda não estavam dispostos a cozinhar.

Elinor, Oscar e Frances se sentaram na varanda do andar de cima. O dia tinha ficado ainda mais quente do que o habitual, a umidade, desagradável. Até mesmo o kudzu no dique dava a impressão de murchar sob aquela atmosfera opressiva. As correntes do banco suspenso pareceram parar de ranger e, no andar de baixo, Zaddie andava descalça.

– Está triste? – perguntou Oscar à filha.

Frances assentiu. Estava sentada ao lado da mãe, segurando a mão de Elinor.

– Foi um choque, não foi?

Frances tornou a assentir.

– Elinor, Sister me perguntou hoje de manhã por que não dissemos para todos voltarem para casa quando Mary-Love estava tão doente – comentou Oscar.

– Você sabe por quê, Oscar.

– Por quê?

– Porque não teria adiantado nada. Na verdade, teria prejudicado ainda mais sua mãe. Toda aquela gente entrando e saindo. Ela não teria tido um minuto de descanso.

– Mas ela morreu de um jeito ou de outro – salientou Frances. – E ninguém pôde vê-la.

– Frances tem razão – disse Oscar. – Quando todos voltaram, lá estava a mamãe no caixão. Não os culpo por se sentirem tão mal. James falou que era terrível pensar que, enquanto estavam se divertindo em Chicago, St. Louis e Nova Orleans, mamãe estava deitada no quarto da frente, sofrendo e à beira da morte, sem que soubessem nada a respeito.

– Oscar, essa é a questão. Mesmo se tivéssemos avisado, não haveria nada que pudessem fazer.

– A mamãe teria gostado que todos estivessem em casa.

– Concordo! – disse Frances.

– Bom, sua mãe não estava no comando da situação. Era eu que estava – respondeu Elinor.

Oscar ficou calado, mas continuou se abanando com um leque de papel com uma propaganda da agência funerária. Passados alguns instantes, levantou-se e foi até o parapeito da varanda olhar para a casa da mãe.

Virou-se e pareceu prestes a falar algo, mas mudou de ideia e comentou:

– Vocês notaram que Early estava mascando tabaco?

– No funeral?

– Sim! – exclamou Frances. – Miriam o viu cuspir em um arbusto de camélias e, depois disso, se recusou a falar com ele. Disse que era grosseiro demais.

– Quanto tempo acha que Early vai ficar por aqui? – perguntou Oscar.

– Como eu vou saber? – disse Elinor.

– Poderia ter falado com ele.

– Bom, não falei – respondeu Elinor. – Que diferença faz?

– Ora, Sister provavelmente vai voltar com ele.

– E daí?

– E o que vai acontecer com Miriam?

– Miriam vai morar conosco. Esta é a casa dela – falou Elinor, taxativa.

– A casa dela? – repetiu Oscar. – Miriam nunca morou aqui. Duvido que tenha posto os pés nesta casa mais do que seis vezes na vida.

– Acha mesmo que ela pode vir morar aqui? – perguntou Frances, contendo seu entusiasmo.

– Para onde mais ela poderia ir? – respondeu Elinor. – Amanhã ou depois, vou mandar Zaddie buscar as roupas dela na casa do lado.

– Mamãe – disse Frances, hesitante –, a senhora vai dar meu quarto para a Miriam?

– Claro que não! Miriam vai ficar no quarto da frente.

– Ela não pode dormir lá! – exclamou Oscar.

– Por que não?

– Mamãe morreu ali! Mamãe morreu naquela cama!

– Ora, Oscar, e que mal isso vai fazer a Miriam? A própria Sra. Mary-Love dormiu por vinte anos na cama em que seu pai morreu. Na verdade, provavelmente dormiu ali na mesma noite da morte dele, não dormiu?

Oscar assentiu.

– Duvido que a Miriam tenha medo – disse Frances em voz baixa. – Se tiver, pode vir dormir comigo.

Elinor sorriu para a filha.

– Não está crescida demais para dividir a cama?

– Miriam se comportou bem durante a viagem? – perguntou Oscar.

– Sim, senhor… – respondeu Frances.

– Está dizendo a verdade? – questionou Elinor.

– Bom, ela foi um pouco rude comigo, mas não me importei. Devia estar só preocupada com a vovó.

Oscar e Elinor trocaram olhares.

– Talvez seja preciso conversar um pouco com Miriam antes – falou Oscar.

– Aliás, Miriam quer saber onde estão os anéis da vovó, mamãe.

– Ela mencionou isso para você?

– No funeral.

– O que você disse?

Frances hesitou.

– Frances, o que Miriam falou sobre os anéis?

– Disse que eram dela e que a senhora os roubou. Disse que tinham sido um presente da vovó para ela e deveriam estar no cofre dela em Mobile.

Elinor ficou calada, mas a expressão em seu rosto era grave.

– Elinor, é claro que a Miriam está chateada. Você sabe como ela amava a mamãe. Por Deus, ela morou com a mamãe a vida inteira...

– Está tudo bem, Oscar. Não estou com raiva. Seja como for, Miriam e eu vamos conseguir nos entender.

## CAPÍTULO 14

# *A herdeira de Mary-Love*

A morte de Mary-Love trouxe grandes alterações à dinâmica da família Caskey. Ela tinha sido a chefe da família, a força que a orientava, sua fonte principal de reprimenda e a medida pela qual todas as conquistas, as alegrias e os infortúnios eram pesados.

Agora, em sua ausência, os Caskeys olhavam aflitos uns para os outros, tentando descobrir quem ocuparia aquela posição. James era o mais velho, mas também era frágil, estava prestes a se aposentar e não tinha vocação para a liderança. Oscar era o herdeiro de Mary-Love, mas os Caskeys estavam habituados a ter mulheres no comando, e Oscar provavelmente ainda precisaria provar seu valor para ocupar tal posição. Sister morava longe. Grace estava dedicada por completo à sua vida na escola para meninas de Spartanburg. Queenie não era uma Caskey de fato. Assim, o fardo parecia pesar sobre Elinor.

Uma vez que os Caskeys começaram a olhar para ela como a escolha intuitiva, tentavam buscar motivos para que fosse também a escolha mais lógica. Ela era a esposa do homem que administrava a madeireira, fonte de todo o poder e prestígio dos Caskeys. Tinha o próprio status em Perdido. Era dona da maior casa da cidade. Provara seu valor pela disposição em enfrentar Mary-Love. Quem mais havia feito isso, senão levado pelo mais completo desespero?

Era estranho, mas Elinor parecia ter mudado nos últimos anos. A mudança fora lenta, mas não menos radical do que aquela pela qual James passara no dia da morte de Mary-Love. James Caskey recebera mais do que a intimação de sua mortalidade: havia visto os próprios contornos dela no caixão de vime sob as luzes coloridas.

Os três anos de duração da doença de Frances pareciam ter causado algo parecido em Elinor. Sua obstinação e o cuidado constante que dedicou a Frances haviam praticamente sugerido que ela se achava capaz de curar a filha por conta própria. À medida que os dias se tornaram semanas e as semanas se tornaram meses, a determinação de Elinor em provar sua capacidade de cura crescera.

Quando Frances por fim melhorou, após três anos de sofrimento, ninguém sabia dizer se a cura se devera aos banhos de Elinor, aos medicamentos do Dr. Benquith ou a algum gatilho acionado por acaso no próprio sistema de Frances. A luta da filha contra a doença incapacitante e o fracasso de Elinor em curá-la de forma fácil e rápida pareciam ter sido lições de humildade. Enquanto Frances esteve doente, Elinor não brigou com a sogra. Agora que Mary-Love estava morta, uma Elinor mais modesta se apresentava à família, preparada para receber a coroa dos Caskeys.

Quanto mais pensavam no assunto, mais claro ficava que Elinor deveria ser a nova chefe da família. Nenhuma delegação veio informá-la da decisão, mas não foi preciso. A opinião dela era solicitada em cada assunto, por mais relevante ou irrelevante que fosse. Suas decisões eram sempre acatadas sem objeção. A casa dela se tornou o centro da atividade familiar. O eixo do universo dos Caskeys se deslocou 20 metros na direção oeste, suas polias girando e as engrenagens rangendo um pouco nesse processo.

Embora os Caskeys estivessem atentos, poucas

alterações eram visíveis na administração familiar. Na primeira semana de luto por Mary-Love, não houve muita atividade. Os Caskeys estavam recolhidos. Early Haskew tinha vindo, mas logo foi embora, deixando para trás a esposa e manchas de tabaco nas folhas lustrosas das estimadas camélias de Mary-Love.

Miriam continuou com Sister na casa da falecida matriarca.

～

– Quando vai mandar buscar Miriam? – perguntou Oscar à esposa.

– Ainda seria algo muito abrupto para ela – falou Elinor. – Miriam é muito apegada a Sister. Quando sua irmã voltar a Chattanooga, teremos tempo para isso.

– Quando Sister planeja voltar?

– Imagino que esteja esperando pela leitura do testamento. Não sei o que mais poderia mantê-la aqui.

Houve alguma especulação entre os Caskeys quanto ao conteúdo do testamento. Na cidade, supunha-se que Mary-Love dividiria sua considerável fortuna entre os dois filhos, Oscar e Sister.

Oscar seria enfim recompensado pelos muitos

anos de serviço à madeireira; Sister nunca mais precisaria se preocupar com a capacidade de Early em arranjar trabalho em uma recessão econômica. Sem dúvida haveria alguma provisão especial para Miriam, pois Mary-Love era apaixonada por aquela menina. Perdido não conseguia imaginar que a falecida pudesse ter feito algo diferente.

Os Caskeys, no entanto, sabiam até onde Mary-Love era capaz de ir para impedir a felicidade alheia e frustrar expectativas. Não era inconcebível, por exemplo, que ela pudesse ter deixado tudo para James – que era velho e não precisava do dinheiro. Ou para Miriam, que era jovem e incapaz de administrá-lo.

Elinor, em especial, estava ansiosa pela leitura. Queria que Oscar recebesse o dinheiro o mais rápido possível para poder comprar o último lote de terras de Henry Turk. Temia que outro comprador surgisse nesse ínterim.

– Vá falar com Henry, Oscar. Diga a ele para não vender as terras a mais ninguém. Diga que vai comprá-las assim que o testamento de Mary-Love for lido.

– Elinor, temos que esperar. Ainda não sabemos para quem a mamãe deixou o dinheiro. Mesmo que eu fique com uma metade e a Sister com a outra, o inventário ainda vai levar um bom tempo até ficar pronto. Terei que esperar no mínimo seis meses para ver um centavo do dinheiro da mamãe.

– Então peça o dinheiro emprestado para James. *Não podemos* deixar escapar aquelas terras no condado de Escambia.

– Por que está tão ansiosa para comprar terras na Flórida? Nunca tivemos a intenção de cruzar a fronteira estadual.

– Aquelas terras são boas, Oscar.

– São idênticas às que temos aqui: as mesmas árvores, os mesmos riachos, o mesmo velho rio Perdido correndo ao longo delas. A diferença é que ninguém vive lá, e o acesso é difícil. Henry Turk nunca ganhou um único centavo com aquelas terras, e é por isso que ainda as têm. Ninguém com o mínimo de juízo quer aquele terreno. Henry conseguiu vender tudo, menos aquilo. Se comprarmos, ainda teremos que aprender tudo sobre as leis e os impostos da Flórida.

– Você vai se arrepender se não comprar.

– Por quê?

– Conheço aquelas terras – retrucou Elinor. – Um dia, elas nos darão mais dinheiro do que já sonhou.

Oscar ficou perplexo com essa observação. Até

onde sabia, a esposa nunca tinha ido até nenhuma parte do condado de Escambia, na Flórida. Como poderia saber qualquer coisa sobre quadrantes vazios de pinheiros, cercados de córregos e canais que desaguavam no baixo Perdido?

∽

O testamento era curto. Ivey Sapp e Bray Sugarwhite receberam 2 mil dólares para construírem uma casa nova em um terreno mais elevado do que a Baixada dos Batistas, enquanto Luvadia Sapp recebeu 500 dólares. A Igreja Metodista que a família frequentava ficou com 700 dólares para comprar uma nova janela; já a Igreja Metodista da Baixada dos Batistas recebeu 300 dólares para uma nova pia de batismo. O Clube do Ateneu recebeu 10 mil dólares para oferecer uma bolsa de estudos, que seria dada a alguma jovem merecedora de Perdido que desejasse estudar na Universidade do Alabama.

Os Caskeys assentiam, concordando com essas pequenas concessões. Na opinião de todos, elas demonstravam o senso de responsabilidade comunitária da falecida.

O grosso da fortuna – ou seja, a metade dela da madeireira e as respectivas fábricas associadas;

as posses de terra e direitos de arrendamento; as ações e títulos; as hipotecas e penhoras de outras propriedades nos condados de Baldwin, Escambia, Monroe e Washington; as cadernetas de poupança no banco de Perdido, em três bancos de Mobile e em dois bancos de Pensacola; e os investimentos na Louisiana e no Arkansas – seria dividido igualmente entre seu adorado filho Oscar e sua filha devota, Elvennia Haskew.

À neta, Miriam Caskey, Mary-Love deixou sua casa, tudo o que havia nela e o terreno em que fora construída; todas as suas joias, pedras preciosas e semipreciosas; toda a prataria e objetos de luxo; e o conteúdo de quatro cofres em bancos diferentes.

A família respirou aliviada. Mary-Love tinha feito o que todos consideravam o mais correto. Ela escolhera não perpetuar suas animosidades depois de morta. Aparentemente, contemplar o próprio fim ao redigir o testamento servira para aplacar a malícia por trás de seu amor sufocante.

～

Miriam tinha 16 anos, mas parecia adulta, e havia motivos para tanto. Afinal, era herdeira por direito. Tinha estojos de joias no quarto, além de cofres com diamantes, rubis e safiras em quatro bancos diferentes em Mobile. Não era filha de ninguém. Mary-Love havia morrido e a deixado tão sozinha quanto se tivesse sido abandonada no meio do pinheiral. Ela não pertencia aos pais, pois abriram mão dela quando bebê. Apesar da proximidade nos anos que se seguiram, continuaram sendo pouco mais que estranhos. Eram mais como primos, de segundo ou terceiro grau, com os quais uma pessoa mal se importava, por mais que tivessem o mesmo sobrenome e certa semelhança física. Tampouco era filha de Sister, embora já tivesse sido. Sister fora embora e se casara com Early Haskew, que Miriam desprezava por seus modos rudes e seu hábito de mascar tabaco.

Sister e Miriam passaram algumas horas sentadas juntas à mesa da cozinha depois que o testamento foi lido. Sister havia ajudado a criar a menina quando ela era bebê, mas, depois que se casara, Miriam tinha se tornado filha apenas de Mary-Love. As duas não se tornaram propriamente estranhas, mas agora havia certa distância entre elas.

– É engraçado – disse Miriam.

– O quê?

– Pensar que agora esta casa toda é minha, assim como tudo que há nela.

– Fico feliz que mamãe a tenha deixado para você – falou Sister. – Dessa forma, pode vendê-la e colocar parte do dinheiro no banco. Isso já pagaria sua faculdade.

– Não pretendo vendê-la.

Sister ergueu a cabeça, surpresa.

– Vai deixar a casa vazia? Não devia fazer isso. Ratos infestam casas vazias. Esquilos entram pelos telhados.

– Vou morar aqui – disse Miriam.

Sister ficou mais surpresa do que nunca.

– Não vai voltar para Chattanooga comigo?

– Eu odeio Chattanooga.

– Você nunca foi lá. O que *acha* que odiaria?

– Tudo.

– Isso não é resposta.

– Quer mesmo uma resposta, Sister?

– É claro que sim.

– Eu não ficaria confortável – explicou Miriam.

– Confortável?

– Com Early por perto.

– Não gosta de Early?

– Não me sinto confortável perto dele, só isso. Ele é muito… bronco. Não estou habituada a conviver com gente tão rude.

Sister corou.

– A escola que você frequenta está *cheia* de meninos e meninas muito mais rudes do que Early.

– Mas não preciso morar com eles.

Miriam e Sister pegaram seus pratos e se serviram de mais comida.

Ivey veio da cozinha para servir mais chá gelado.

– Ivey já disse que ficaria comigo.

– Sim, senhora – falou Ivey para Sister. – Eu disse mesmo.

Sister balançou a cabeça.

– O que sua mãe vai dizer?

– Está falando de Elinor?

– Claro que estou falando de Elinor! Se eu voltar a Chattanooga sem levar você comigo, Elinor vai dizer que você precisa morar com ela e com Oscar na casa ao lado.

– Eu não me mudaria para a casa deles nem se passassem uma corda no meu pescoço e me *arrastassem* pelo quintal.

– Elinor é bem capaz de fazer isso. Ela quer você de volta. Já me falou isso.

– O que ela disse?

– Ela disse: "Sister, nem tente levar Miriam de volta para Chattanooga, pois quero que ela fique aqui comigo."

– Ela não pode me obrigar!

– Você é *filha* dela, Miriam. No fim das contas, é isso que importa.

Elas ficaram caladas por mais algum tempo. Ivey tirou a mesa e serviu a sobremesa: torta de creme de baunilha com cobertura de chocolate, a preferida de Sister.

– Não quero ir para Chattanooga – falou Miriam para Ivey.

– Eu sei que não – disse Ivey, confirmando timidamente.

– E não quero me mudar para a casa de Elinor e Oscar.

– Não, senhorita, isso eu *sei* que não quer fazer.

– Quero ficar bem aqui, nesta casa.

– A senhorita adora esta casa – falou Ivey com orgulho. – A Sra. Mary-Love a deixou para a senhorita para que morasse nela.

– Então o que posso fazer? Como vou conseguir ficar aqui?

Miriam olhou para a mulher negra, em busca de uma resposta. Como se soubesse exatamente qual seria, Sister continuou a comer sua torta.

– Por que não pede a Sister que fique aqui com a senhorita?

Miriam pareceu surpresa.

– Mas e Early?

– O Sr. Early tem trabalhos em vários lugares – explicou Ivey. – Sister, quer mais um pedaço de torta?

– Sem dúvida.

– Sister – falou Miriam –, você ficaria aqui comigo? Seria minha mãe?

Sister se pôs a comer o segundo pedaço de torta.

– Deixe-me pensar um pouco, Miriam. Amanhã eu respondo.

∽

No dia seguinte, ao café da manhã, a primeira coisa que Miriam disse a Sister foi:

– Já decidiu?

– Não, e não quero ser importunada com esse assunto. Você não tem o direito de me pedir para deixar Early só para conseguir o que quer.

– Então está indo embora?

– Ainda não.

– Quando?

– Eu falei que não quero ser importunada com esse assunto.

– Quando posso perguntar de novo se já se decidiu?

– Nunca.

– Então o que digo para Elinor quando ela vier aqui querendo me levar embora?

– Eu vou lidar com sua mãe, Miriam. Apenas pare de me fazer perguntas.

Miriam ficou calada. Assim, o dia fatídico foi adiado, pois Sister não voltou para Chattanooga. Ela continuou em Perdido uma semana depois da leitura do testamento, depois duas semanas, depois um mês. Durante esse tempo, a menina viveu em constante suspense, pois Sister se recusava a dizer por quanto tempo pretendia continuar na casa que Miriam havia herdado.

Na casa ao lado, Oscar estava preocupado. Ele achava que estava na hora de Sister voltar para Chattanooga e de Miriam se mudar para o quarto da frente. Oscar mencionou essa preocupação para Elinor.

– Deixe estar, Oscar. Não force nada.

– O que quer dizer com isso, Elinor? Forçar o quê? Sabe de alguma coisa que não está me contando?

– Ninguém me falou nada. Mas, se eu fosse você, deixaria Sister e Miriam em paz por enquanto.

– E foi o que fiz – defendeu-se Oscar. – Agora, quero saber por quanto tempo esse "por enquanto" vai durar. Você sabe?

– Não.

– Vou ter que ir até lá.

Elinor não gastou mais palavras para tentar dissuadir o marido. No fim da tarde, ele bateu à porta da frente da casa da filha. Sister o recebeu. Fazia cinco anos que ele não entrava naquela casa.

– Sister, eu poderia falar com Miriam um instante?

– Claro, Oscar. Vou chamá-la.

Alguns minutos depois, Miriam desceu sozinha.

– Olá, Oscar – falou ela, evitando de propósito chamá-lo de "pai".

– Olá, querida. Eu vim aqui porque achei que deveria conversar com você sobre algumas coisas.

– Está bem – respondeu Miriam, sentando-se na cadeira de balanço de mogno que a avó costumava ocupar com frequência.

Oscar se sentou em um canto do sofá azul.

– Miriam, querida – começou Oscar –, sua mãe e eu temos que decidir o que acontecerá com você daqui para a frente.

– Como assim?

– Para onde vai e o que vai fazer, agora que mamãe morreu.

– Não vou fazer nada – respondeu Miriam, calma. – Não vou a lugar algum.

– Quer dizer que não quer vir morar com sua mãe, com Frances e comigo?

– Não, senhor. Tenho meu quarto aqui, e não quero ir embora.

– Você também tem um quarto só seu na nossa casa. Elinor disse que você pode ficar no quarto da frente.

– Eu não quero ficar naquele quarto, ou em qualquer outro quarto daquela casa. Quero ficar aqui. Esta é a minha casa. A vovó a deixou para mim porque queria que eu vivesse nela. E é exatamente o que pretendo fazer.

– Mas o que vai acontecer quando Sister voltar para Chattanooga? O que as pessoas da cidade vão pensar quando souberem que deixei uma menina de 16 anos morar sozinha em uma casa tão grande?

– Elas podem pensar o que quiserem – retrucou Miriam. – Que me importa o que as outras pessoas pensam? Não pretendo sair daqui, e ninguém pode me obrigar.

– Sua mãe e eu poderíamos – falou Oscar. – Somos seus pais.

Miriam fitou-o, olhos nos olhos.

– Suponho que vocês possam me obrigar. Suponho que possam me amarrar à cama. Suponho que possam empurrar comida pela minha goela abaixo até eu engolir.

– Não quer viver conosco? – perguntou Oscar à filha, queixoso.

– É claro que não.

– Por que não?

– Vocês não me quiseram quando eu nasci. E agora é tarde demais.

Oscar ficou sem reação por alguns instantes.

– Isso foi... 16 anos atrás, querida! – falou Oscar, titubeante, depois de se recompor. – E sua avó queria uma menininha só para ela. Não lamenta que nós a tenhamos dado para sua avó, lamenta?

Miriam não respondeu.

– Não é possível que ainda sinta rancor por isso, não depois de todos esses anos. Você sabe o quanto sua avó a amava. Sabe o quanto foi feliz com ela e com Sister. Não teríamos dado você se não achássemos que seria a menina mais feliz do mundo.

Miriam olhou para o pai, impassível, sem falar nada.

– Miriam, você só tem 16 anos. Não pode me dizer o que fazer e esperar que eu aceite – argumentou Oscar, tentando se impor, mas de forma nada convincente.

– Não estou tentando dizer o que deve fazer,

Oscar. Só estou dizendo o que *não* vou fazer. E o que *não* vou fazer é sair desta casa, pelo menos não por vontade própria. Você pode chamar o Sr. Key aqui e pedir que me jogue na cadeia por não obedecer às suas ordens, ou pode pedir a Zaddie para me amarrar com corda de varal, me colocar em um saco e me carregar até lá em uma vara de pesca, pois só assim vai conseguir que eu vá para aquela casa.

– Você me magoa falando assim, querida!

Miriam ficou calada.

– Vou mandar Elinor vir aqui falar com você. Ela vai tentar colocar algum juízo na sua cabeça. Você está tão abalada com a morte da sua avó que não está conseguindo pensar direito.

– Se Elinor vier aqui...

– Sim?

– Diga para trazer os anéis que roubou da minha avó. Ou não falarei com ela.

Oscar se afundou no canto do sofá azul, justamente onde fora colocado tantas vezes para ouvir os sermões da mãe quando criança. Olhou para a filha como costumava olhar para Mary-Love Caskey naquele passado remoto. Em sua filha, que era em grande medida uma estranha, Oscar via muito da mãe. Pela primeira vez, entendeu que Miriam era tão hostil a Elinor quanto Mary-Love havia sido. Oscar não sabia que fim teria aquilo, mas tinha certeza de que a filha jamais moraria na casa dele.

Miriam se balançava serenamente sob a luminária coberta com um pano vermelho, os cabelos grossos e bem escovados caindo diante do rosto, encobrindo sua expressão. Não parecia muito preocupada com aquela discussão sobre seu futuro. Dava a impressão de apenas ocultar, por educação, sua impaciência com o pai para que terminasse logo o que ele tinha vindo dizer.

Ao ver a filha dessa forma, Oscar decidiu não falar mais nada. Miriam poderia ter apenas 16 anos, mas Oscar percebeu que ficaria muito surpreso se ela não conseguisse o queria. Ele se perguntou se Elinor já havia percebido o quanto Miriam estava preparada para assumir o lugar da avó.

## CAPÍTULO 15

# *A passagem*

Sister continuou em Perdido durante todo o inverno. Houve especulações sobre por que ela abandonara o marido daquela forma. Early veio à cidade para o Natal, mas a visita foi tensa e ele partiu no ano-novo.

Perdido, incluindo todos os Caskeys, supunha que Sister tinha ficado por causa de Miriam. Ela estava sacrificando o próprio casamento pelo capricho daquela menina mimada. Escolhera continuar em Perdido, em uma casa enlutada, porque Miriam não quis se mover 20 metros e morar na casa dos pais.

Ninguém nunca abordou o assunto com Sister. Ninguém tinha esse direito. Era prerrogativa dela jogar seu casamento fora em prol de Miriam, assim como havia sido seu direito se casar contra a vontade da mãe.

Mas a verdade era outra: Sister continuava em Perdido não por Miriam, mas pelo próprio bem. Ela se escondia por trás desse suposto sacrifício em vez de admitir que cometera um erro ao escolher seu marido.

Em treze anos de casamento, a grosseria de Early Haskew havia piorado. Durante o cortejo, quando ele morava na casa de Mary-Love em um contexto de abundância, o homem exibira seu melhor comportamento. Depois que Sister e ele se casaram, deixaram Perdido e começaram a viver dos recebimentos escassos e incertos de Early, seus modos rudes voltaram à tona.

Ele mascava tabaco, hábito que Sister desprezava tanto quanto Miriam, embora nunca o tivesse admitido. Ela também nunca se acostumara com o fato de ele comer ervilha direto da faca. A deselegância habitual de Early se tornara desleixo. Seu corpo ficou gordo e disforme. Pegava um biscoito, fazia um buraco nele com o indicador, enchia o buraco de melado e então engolia tudo de uma só vez. As fronhas cheiravam ao óleo fedorento que usava no cabelo.

Os amigos de Early eram ainda mais grosseiros do que ele, tão grosseiros que Sister sequer os permitia entrar em casa, obrigando-os a ficar na varanda da frente quando apareciam. Os dois viviam em uma zona decadente de Chattanooga, e Sister só tinha dinheiro para mandar que lavassem suas roupas de linho. Ela mesma precisava passá-las. Um dia, voltou para casa da mercearia e encontrou Early e dois de seus comparsas carregando uma máquina automática de Coca-Cola para colocá-la na varanda da frente.

Early criava pit bulls terrier para rinhas e parecia não se importar com nada além daqueles malditos cachorros. Ele insistia que Sister se levantasse duas vezes à noite para alimentar as novas crias com uma mamadeira. Quando os cães não estavam mamando, latiam, e Sister não dormia nesse meio-tempo. Por fim, ela ficou farta da grosseria de Early. Agora, em Perdido, já estava se cansando de ter que defender o marido dessa acusação.

Quando Sister recebeu sua herança, primeiro se imaginou voltando para o Tennessee e comprando uma casa decente, roupas novas para Early, incentivando-o a largar seus amigos imprestáveis e passatempos condenáveis e o elevando a um nível de requinte comparável ao dela. Achava isso possível, mas não ansiava por fazer isso.

Early parecia muito acomodado em seu jeito de ser. O verdadeiro Early Haskew, pensava Sister, era aquele que andava pela casa sem camisa e treinava cães para serem violentos à base de tapas e carne vermelha, que mascava tabaco e roncava alto o suficiente para acordar todas as criaturas da face da Terra. O homem que conhecera, e com quem se casara em 1922, tinha sido alguém em um breve e enganoso estado de desenvolvimento – como um daqueles filhotes fofos que logo cresciam e se tornavam animais brutos e ferozes.

Mary-Love, lembrava-se Sister, previra essa mudança, e tentou avisá-la. A própria Sister poderia ter feito o mesmo, pois havia muitos homens parecidos em Perdido. Sister tinha se casado tanto para se rebelar contra a mãe quanto por se sentir atraída por Early. A atração pelo marido não tardou a desaparecer, enquanto a necessidade de se rebelar contra a mãe continuou forte e inabalada até o dia da morte de Mary-Love, quando se evaporou de repente, levando consigo qualquer bom motivo para retornar à casa de madeira branca naquela zona decadente de Chattanooga, aos filhotes de pit bull e a Early Haskew.

Assim, Sister aproveitou o desejo de Miriam de continuar na casa de Mary-Love como uma desculpa para não voltar ao Tennessee. Ao usar isso como um subterfúgio para seu verdadeiro motivo, ela estava sendo mais ardilosa do que sua mãe já fora. Todos achavam que Sister estava fazendo um grande sacrifício ao continuar em Perdido. Ninguém suspeitava, nem por um instante, que ela temia o dia em que Miriam fosse para a faculdade ou se casasse. A essa altura, Sister teria que anunciar sua repulsa por Early Haskew.

～

Embora Frances tivesse se libertado havia apenas alguns meses da cama e da cadeira de rodas, os três anos de doença incapacitante que suportara eram agora um período nebuloso: confuso, indistinto, obscuro.

Ela havia crescido naqueles anos perdidos – não muito, era verdade, mas o suficiente para que seu corpo lhe parecesse pouco familiar. Antes daqueles dias terríveis, ela era uma criança com medos infantis. Agora, era quase uma adulta. Os medos infantis tinham ficado para trás.

Na noite em que voltou da viagem para Chicago, enquanto Mary-Love jazia em seu caixão no salão de entrada, Frances dormiu no próprio quarto. Elinor e Oscar acharam que a filha teria pavor de dormir na casa em que o corpo da avó estava, mas Frances lhes disse que não havia necessidade de incomodar James ou Queenie com a presença dela naquela noite. Frances não disse isso por não ter mais medos, mas para testar até onde eles ainda continuavam com ela. A jovem não ficara nem um pouco surpresa que a avó tivesse morrido no quarto da frente.

Depois do funeral, enquanto Zaddie a ajudava a tirar as roupas de viagem das malas, bem como todos os novos pequenos tesouros que James e Queenie tinham comprado para ela, Frances não notou qualquer mudança na atmosfera do lugar por conta da morte no quarto da frente.

*A vovó morreu no quarto ao lado*, pensou ela, mas isso não lhe deu calafrios.

Farejou o ar e não detectou cheiro de morte ou do próprio medo. Foi ao corredor e olhou em direção à porta do quarto da frente. Mesmo assim, o medo não veio. Aproximou-se da porta e tocou a maçaneta com cuidado; nenhuma eletricidade, nenhum temor.

Ela girou a maçaneta e abriu a porta, que se escancarou. Frances parou no limiar do quarto, sem sentir nada.

Olhou para dentro do cômodo. Sentia apenas o aroma da lavanda seca que tinha sido colocada em um vaso na mesa ao lado da cama.

Com ousadia, entrou o suficiente no quarto para poder fechar a porta.

Ela olhou para a porta do closet. *Mamãe diz que vovó morreu por conta de uma febre. Sister diz que ela teria sobrevivido se o papai a tivesse internado no hospital. Mas sei que a vovó foi morta pelo que mora naquele closet, seja lá o que for.*

A porta do closet não se abriu. Frances não morreu.

– Tenho 15 anos – falou ela em voz alta. – Não tenho medo de closets cheios de penas, couro e peles.

Meses se passaram, e Frances fez 16 anos. Nunca tinha sido próxima da avó e não a havia visto durante todo o tempo em que ela esteve doente. Não pensava com frequência nos mortos. Quando olhava pela janela de seu quarto para a casa de Mary-Love, às vezes até esquecia que a avó tinha morrido no verão anterior. Chegava a olhar, como costumava fazer quando criança, para ver se Mary-Love estaria sentada à sua cadeira de balanço diante da janela do quarto dela.

Um escultor italiano de Mobile esculpiu uma lápide em mármore em homenagem a Mary-Love. O objeto foi instalado sete meses após sua morte. Todos os Caskeys compareceram à cerimônia breve e informal. Miriam, Queenie e Frances deixaram flores.

*Vovó morreu no quarto da frente,* Frances voltou a pensar na ocasião.

Naquela noite, ela adormeceu e não sonhou. Pouco depois, foi despertada de forma repentina, não por um som, mas pela sensação de que havia algo errado.

Seu quarto estava repleto de uma luz fraca, branco-azulada. Ela entrava pela janela, intensa, como se a lâmpada de um poste tivesse sido acesa nos arredores da casa de sua avó morta. Frances não fazia ideia de qual seria a fonte daquela luminosidade estranha, mas fitou aterrorizada as cortinas brancas diáfanas que cobriam a janela. Não ousou se levantar para ver. Voltou-se para a outra janela, que se abria para o quarto-varanda com tela. A varanda também estava iluminada pela claridade, embora não parecesse tão forte ali quanto no seu quarto.

Então, de repente, alarmada, ela se lembrou da luz que havia tomado o closet do quarto da frente na noite em que Carl Strickland disparara contra eles do dique. Frances era muito criança na época, e todos os incidentes ocorridos antes de sua longa batalha contra a doença eram vagos e indistintos.

Mas ela reconhecia aquela luz, lembrava-se dela. Não tinha sido um sonho naquele momento, e não era um sonho agora.

Não era a luz sobrenatural que instigava o medo na alma de Frances. Contra a sua vontade, a cabeça dela se virou para fitar a porta que se abria para a passagem estreita, onde eram guardadas as roupas de cama e banho, que separava o quarto dela do quarto da frente. A jovem sabia que algo havia conseguido entrar naquele caminho fechado e restrito. Estava ali, e Frances tinha certeza de que não era uma pessoa. Não era a mãe dela. Não era seu pai. Não era Zaddie. O que quer que morasse e se escondesse no closet do quarto da frente tinha saído dali, atravessado o cômodo, aberto a porta do corredor e se esgueirado por ele. Agora, estava à espera, do outro lado da porta.

Não era o fantasma de sua avó, mas Frances sabia que estava, de alguma forma, conectado à colocação da lápide de mármore sobre o túmulo de Mary-Love.

Ela continuou na cama, aterrorizada. A artrite incapacitante parecia ter retornado às mãos e aos pés. Tentou imaginar como seria a coisa do outro lado da porta, mas não conseguiu. Sabia que era da cor da luz lá fora e que, se olhasse para a porta de novo, conseguiria ver aquela mesma luz entrar pela fresta.

Na verdade, era *dali* que a luz vinha. O quarto da frente estava tão claro que a luz saía pelas janelas, e era isso que via através das cortinas. A passagem para o quarto da frente estava repleta de um brilho ainda mais intenso, pois, fosse lá o que fosse, estava ali, logo atrás da porta. A imaginação relutante de Frances não conseguia dar uma forma fixa àquela aparição, que mudava a todo instante.

Ela pensou em um menininho que vestia um macacão com bolsos salientes. Pensou em um homem corcunda agachado, com a boca escancarada. Pensou em uma mulher bonita e sorridente, com um colar de pérolas negras no pescoço, segurando uma bandeja com um bolo. Imagens davam lugar umas às outras, e entre elas surgiam coisas disformes ou formas que não reconhecia: coisas que pareciam peixes, sapos, cobras, coisas com olhos protuberantes, mãos membranosas e pele borrachuda e reluzente. Essas imagens mudavam tão depressa quanto sombras passando pelas janelas de um trem viajando por uma floresta iluminada pelo sol. Frances permaneceu deitada, de olhos fechados, por muito tempo.

Na esperança de que o medo fosse apenas produto de sua mente, tentou pensar em outra coisa. Se não estava perto de dormir, ao menos parecia perto de sonhar. Nesse estado quase onírico, começou a se lembrar de seus anos de doença. Não tinha sido tanto tempo antes, mas as memórias daquele período eram como as de sua primeira infância, ou como as memórias fugidias de uma existência anterior.

Deitada na cama de olhos fechados, tentando fazer com que a coisa na passagem desaparecesse com a força do pensamento, ela se lembrou de dois fatos sobre sua doença: um impossível, o outro improvável.

A primeira memória, impossível, era a dos três banhos diários que recebia naquela época. Em outros momentos de maior consciência, conseguira se lembrar vividamente do momento em que era erguida da banheira pela mãe. Mas agora – e a lembrança era nítida, apesar da impossibilidade do fato – estava convencida de que durante aqueles banhos sempre estivera *submersa*, de tal maneira que passava cinco ou seis horas por dia com o corpo inteiro, inclusive a cabeça, debaixo d'água.

A segunda memória, também impossível, era a de uma criança, um menininho, que lhe fazia companhia à noite enquanto a mãe dormia. Ele era mais novo do que Malcolm, porém mais velho do que Danjo. Era pálido e infeliz e costumava puxar o braço de Frances, chamando-a para brincar. Nunca se lembrava como ele tinha ido parar no quarto com ela, mas sabia que, quando ia embora, sempre desaparecia na passagem estreita que dava para o quarto da frente.

*É ele que está na passagem agora.*

Ela abriu os olhos de repente e fitou a porta. Então, palavras lhe vieram aos lábios, sem perceber que as dizia:

– Entre, John Robert.

Ela não conhecia nenhum John Robert.

Houve uma mudança atrás da porta, uma espécie de calafrio ou tremor.

A coisa no corredor tinha estado, até aquele momento, parada. Frances sabia ter apenas imaginado toda aquela fluidez de imagens e formas. A coisa em si estivera o tempo todo imóvel do outro lado da porta.

Agora, o braço dela se estendia em direção à maçaneta. Frances saltou da cama, passou voando pelas cortinas oscilantes iluminadas pela luz branco-azulada e se jogou contra a porta da passagem.

– Não! – exclamou ela. – Não quero você aqui!

Os pés dela brilhavam sob a luz que entrava por debaixo da porta. Ela girou a chave no trinco e cambaleou para trás imediatamente, com os olhos fechados.

Quando os abriu, já não pôde ver a luz. O quarto estava escuro. A jovem foi à janela e olhou para fora. Apenas silêncio e escuridão. As cortinas diáfanas oscilavam, batendo contra seu rosto.

Ela voltou para a cama. Não havia nada no corredor. Frances adormeceu quase instantaneamente.

～

Quando acordou pela manhã, soube que tudo o que tinha sentido e visto não fora um sonho trazido pela agitação melancólica do dia. Frances teve certeza de que, o que quer que antes estivera confinado naquele closet disforme, havia de alguma forma obtido permissão para vagar livremente.

Pior do que isso era a convicção de que, em algum momento, ela falaria novamente "Entre, John Robert", mas não chegaria à porta a tempo de trancá-la.

# CONHEÇA A SAGA BLACKWATER

I. A enchente

II. O dique

III. A casa

IV. A guerra

V. A fortuna

VI. A chuva

Para saber mais sobre os títulos e autores da Editora Arqueiro,
visite o nosso site e siga as nossas redes sociais.
Além de informações sobre os próximos lançamentos,
você terá acesso a conteúdos exclusivos
e poderá participar de promoções e sorteios.

editoraarqueiro.com.br